Bianca

D0878342

SU AMANTE OLVIDADO
Annie West

Editado por Harlequin Ibérica.
Una división de HarperCollins Ibérica, S.A.
Núñez de Balboa, 56
28001 Madrid

© 2018 Annie West
© 2019 Harlequin Ibérica, una división de HarperCollins Ibérica, S.A.
Su amante olvidado, n.º 2713 - 10.7.19
Título original: Her Forgotten Lover's Heir
Publicada originalmente por Harlequin Enterprises, Ltd.

I.S.B.N.: 978-84-1328-120-9
Depósito legal: M-17725-2019
Impreso en España por: BLACK PRINT
Fecha impresion para Argentina: 6.1.20
Distribuidor exclusivo para España: LOGISTA
Distribuidor para México: Distibuidora Intermex, S.A. de C.V.
Distribuidores para Argentina: Interior, DGP, S.A. Alvarado 2118.
Cap. Fed./Buenos Aires y Gran Buenos Aires, VACCARO HNOS.

Capítulo 1

SE DESPERTÓ desorientada.

Parpadeó varias veces. Estaba en una habitación poco iluminada. Vio una silla, una mesilla y una pequeña ventana. Ahora sabía dónde estaba. Roma. El hospital al que la habían llevado después de que se hubiera caído en la calle.

Sin embargo, en lugar de sentirse más tranquila, se le aceleró el pulso. La sensación de desorientación no aminoró. ¿Cómo iba a reducirse, si aparte de aquella habitación, todo lo demás estaba en blanco?

Su nombre.

Su nacionalidad.

Lo que hacía en Roma.

No recordaba nada.

Alargó el brazo a la mesilla, y con las yemas de los dedos rozó el pequeño peine y el bálsamo de labios sabor vainilla que eran las únicas pertenencias que era capaz de identificar. La ropa que llevaba había quedado tan destrozada y llena de sangre que era inservible y su bolso o la cartera que seguramente llevara había desaparecido.

Cerró los ojos y se obligó a respirar despacio, a controlar el miedo de no saber nada.

Algunas cosas sí sabía. Que no era italiana. Que

hablaba inglés y que tenía una somera noción de la Italia turística.

Tenía veintitantos años. Su piel era pálida y sus facciones proporcionadas y corrientes. Tenía los ojos de un azul grisáceo y el pelo castaño y liso.

«Y estaba embarazada».

El miedo que sintió al saberse embarazada, carecer siquiera de nombre y estar sola hizo que la respiración le silbara.

La amnesia se pasaría. Los médicos tenían esperanzas. Bueno, la mayoría las tenía, y se iba a aferrar a eso. La alternativa era demasiado horrible para contemplarla. Se sentiría mejor cuando llegase el día y el personal médico anduviera yendo y viniendo por la planta. Incluso el asedio continuo de las pruebas sería mejor que estar allí tirada en la cama, completamente sola y…

Algo llamó su atención. Se le erizó el vello de la nuca y la piel le hormigueó como si alguien la estuviera observando. Despacio, porque los movimientos rápidos le provocaban dolor de cabeza, se volvió hacia la puerta.

En el umbral en sombras había un hombre que parecía fuera de lugar. Alto, ancho de hombros y lo bastante delgado como para que el traje oscuro que llevaba le proporcionara un aspecto elegante y perfecto. Parecía un modelo de ropa masculina. La mandíbula cuadrada, la sombra de barba en las mejillas y unos pómulos increíblemente marcados hacían de él un tipo ultramasculino y tremendamente atractivo.

Experimentó una sensación en el vientre. Sorpresa, por supuesto. Y atracción. Como distracción de la autocompasión en la que estaba sumida era perfecto, pero, cuando lo vio entrar en la habitación, se dio cuenta de que no era algo tan simple como una cara bonita.

Había una dureza en él que hizo que se le estremeciera la piel. Su nariz era más fuerte que suave, y sus ojos denotaban perspicacia e inteligencia. Su estatura le hacía dominar la habitación y el efecto se vio acrecentado cuando se detuvo junto a la cama.

–¿Quién eres? –le preguntó con el corazón en la garganta. Era fundamental que pareciera serena, aunque por dentro todo le fuese a mil.

Quizás fuera un consejero de algún tipo. Eso explicaría que no supiera cómo comportarse junto a la cama de un enfermo. Ni sonrisa alegre, ni frases sobre cómo el tiempo era un gran sanador.

Le clavó la mirada y cayó en la cuenta de por qué le habían parecido tan poco corrientes sus ojos. Eran marrones con puntitos dorados y brillaban con un fuego interior, algo inesperado dada su piel morena y su cabello oscuro.

Su mudo escrutinio hizo que se sintiera incómoda.

–He dicho…

–¿No te acuerdas de mí?

Su voz era miel y whisky, terciopelo y acero, y habría logrado que se quedara pendiente de cada palabra que pronunciara aunque estuviera leyendo la guía telefónica. Pero parecía sugerir que…

Se incorporó para quedar sentada en la cama e hizo una mueca. El movimiento había hecho que le estallara la cabeza.

–¿Te encuentras bien? ¿Aviso a alguien?

Entonces, no era médico.

–¿Debería recordarte? ¿Nos conocemos?

Se inclinó hacia él rogándole en silencio que contestase que sí. Alguien, en algún lugar, tenía que tener la clave de su identidad.

–Yo…

Hubo un revuelo en la puerta y uno de los médicos entró. Era el regordete de mirada amable que la había tranquilizado cuando el miedo a no recuperar nunca la memoria se transformó en terror, y se lanzó a hablar en italiano preguntándole algo al hombre que estaba junto a su cama. Siguieron hablando, el médico voluble, el desconocido críptico, ¡como si ella no estuviese allí!

–¿Alguien puede explicarme quién es este hombre y por qué está aquí?

El médico se dio la vuelta de inmediato hacia ella, y fue cuando se dio cuenta de que aquel desconocido no le había quitado los ojos de encima, lo que le produjo un estremecimiento. Tiró de la sábana para cubrirse más.

Había algo en la intensidad de su mirada que le hacía sentirse desnuda, y no solo desnuda bajo el fino tejido del camisón del hospital, sino como si pudiera llegar al lugar íntimo que ocultaba al resto del mundo.

–Disculpe –contestó el médico–. No deberíamos haber hablado en italiano –dijo con una sonrisa–, pero tenemos excelentes noticias para usted.

Miró al hombre que permanecía en silencio junto a la cama y se humedeció los labios, que de pronto se le habían quedado secos.

–¿Me conoces?

Él asintió.

–Sí. Te llamas Molly, y eres australiana.

Molly. Australiana.

Por eso no hablaba italiano. ¿Molly? Frunció el ceño. No tenía la sensación de llamarse Molly. No le resultaba familiar aquel nombre.

Tragó saliva. Incluso su propio nombre le resultaba extraño. Había creído que, en cuanto tuviera algo de información sobre sí misma, los recuerdos volverían a funcionar, pero que le hubieran revelado su nombre no había obrado la magia. Seguía flotando en aquella temible niebla de la nada.

—Es probable que te resulte extraño al volver a oírlo, pero te acostumbrarás.

Su tono era tranquilizador. ¿Cómo había advertido su pánico?

—¿Tú también eres doctor?

Él negó con la cabeza y Molly oyó murmurar algo al médico.

—Pero me conoces.

El hombre asintió.

—¿Y? —insistió ella. ¿Por qué tenía que arrancarle la información?

—Viniste a Italia para trabajar como *au pair* para una familia italo-australiana.

—¿*Au pair*? —paladeó el término.

—Niñera. Cuidadora de niños.

Ella asintió con impaciencia. Sabía lo que era una *au pair*. ¿Y cómo podía saberlo cuando desconocía incluso su nombre?

—¿Estás seguro de que me conoces? ¿No me confundirás con otra persona?

¿Era compasión lo que había visto brillar en sus ojos? Fuera lo que fuese, desapareció.

–Completamente. Eres profesora, pero renunciaste a tu puesto para tener la oportunidad de venir a Italia.

–Profesora…

–Te encantan los niños.

Por primera vez aceptó sus palabras sin cuestionarlas. Sí que adoraba a los niños. Se visualizaba sin dificultad como profesora. Se había quedado atónita al descubrir, en aquellas circunstancias tan extraordinarias, que estaba embarazada. Era aterradora la idea de traer un niño al mundo sin saber quién era ella, o quién era el padre, pero quizás, cuando recuperase la memoria, se volvería loca de alegría.

Se recostó contra las almohadas y ofreció una tímida sonrisa.

–¿Cómo me apellido?

Con esa información podría tirar del hilo de su pasado, localizar a su familia y a sus amigos y comenzar a juntar de nuevo las piezas de su vida. Si es que era capaz de recuperar la memoria. Si es que no estaba condenada a que su pasado quedase perdido para siempre.

Aquella idea fue como una cuchilla de terror que le pasara por el cuerpo, y se aferró a la sábana.

El hombre miró al médico, y este asintió.

–Agosti. Molly Agosti.

–¿Agosti?

Ella frunció el ceño. Una vez más esperó a que su subconsciente reconociera aquel nombre desconocido, pero nada.

–¿Estás seguro? Suena a italiano, pero yo soy australiana.

–Completamente.

Tendría que fiarse de su palabra hasta que pudiera tener pruebas de lo contrario.

–¿Y tú eres…?

¿Se había sorprendido? No. No lo parecía. Sin embargo, algo había cambiado. El aire entre ellos parecía haberse cargado.

–Soy Pietro Agosti.

Ella miró más allá de las fuertes manos que se apoyaban en la barandilla de la cama.

–Agosti. Pero es el mismo apellido.

–Lo es.

Entonces su boca dibujó una sonrisa que la dejó sin respiración, aunque en realidad no le llegó a los ojos. Esa mirada entre marrón y dorada seguía vigilante, alerta.

Un timbre de alarma sonó en su subconsciente.

–Porque soy tu marido.

Capítulo 2

S U PULSO pasó de rápido a frenético al mirar boquiabierta al hombre imponente que tenía delante. «¿Su marido?». ¿Aquel hombre imponente e irritante?

Imposible.

Aunque dejara a un lado su aire de fría seguridad y aquellas facciones tan atractivas, todo en él hablaba de dinero y poder. El traje que llevaba debían de habérselo hecho a medida, de lo bien que le quedaba, y la corbata de seda que lucía era de las que se guardaban en caja de diseñador. En los puños de la prístina camisa llevaba unos discretos pero muy labrados gemelos de oro.

Y sus manos… le dio un vuelco el corazón al centrarse en sus manos. Eran grandes y fuertes, pero delicadas. Manos seductoras, de esas que sabrían qué hacer con el cuerpo de una mujer. Manos hábiles en dar placer.

Llevaba también un sello de oro en un dedo, que parecía antiguo y caro.

Provenía de un entorno adinerado. Muy adinerado. Y de cuna.

Pero ella, no. No podría decir cómo lo sabía, pero estaba convencida.

Sus facciones, al estudiarse en el espejo del baño, le habían parecido de lo más corrientes. Ni era guapa, ni atractiva. Tenía el pelo liso, de un color entre el caramelo y el rubio desvaído que era demasiado común quizás para ser teñido. Sus manos no estaban ásperas ni tenían marcas, pero tampoco parecían impolutas. Y las únicas joyas que llevaba eran unas bolitas de oro en las orejas.

Pietro Agosti y ella no encajaban. ¿Cómo podían estar casados?

Si eso era cierto, debía de estar embarazada de él.

—*Signora* Agosti.

Levantó la cabeza de golpe al oír al médico, e iba a decirle que ese no era su nombre. Y que en cuanto a que estuviera casada...

Miró a hurtadillas al hombre que permanecía junto a la cama, sin mover ni un músculo. Había algo en su inmovilidad que la irritaba. Parecía estar esperando algo.

¿Que lo reconociera? ¿O que declarase que ella no podía ser su mujer?

Frunció el ceño y la cabeza comenzó a dolerle. Viendo su mueca de dolor, el médico se adelantó murmurando algo en italiano, le tomó el pulso e hizo que se tumbara.

Pero no podía dejar de pensar en Pietro Agosti acechando su cama en silencio, alto, oscuro e inquietantemente guapo. Si el médico no le hubiera asegurado que se iba a poner bien, se habría preguntado si no sería el Ángel de la Muerte que venía a llevársela.

Levantó la vista. Él la estaba mirando, y se dejó atrapar por el inesperado calor de su mirada.

El calor volvió a asaltarla, pero aquella vez no en las mejillas, sino dentro, hondo, en los órganos femeninos en los que aquel embrión de bebé se alojaba.

¿Sería él el padre?

Sintió una intensa emoción. ¿Era excitación o temor?

Escogió incredulidad.

–¿Seguro que estoy casada con este hombre?

Le parecía muy poco probable. Seguro que tenía que pasar el tiempo entre personas de la alta sociedad, y no con *au pairs*.

El médico lo miró compadecido. ¿Tan importante sería Pietro Agosti que nadie lo cuestionaba?

–*Signora* Agosti –respondió el médico–, no hay dudas en la identificación. Su esposo la describió con todo detalle antes de llegar. Mencionó incluso la cicatriz de la operación de apéndice.

Lo cual significaba que conocía su cuerpo íntimamente.

Una sensación le erizó la piel. ¿Sería un recuerdo? ¿El legado de intimidad con aquel hombre, o anticipación del momento en que esas manos grandes le acariciasen la piel desnuda en algún momento del futuro?

Volvió a mirarlo y él le dedicó otra sonrisa, que podría haber resultado tranquilizadora de no ser por la sombra que parecía calculadora en su mirada.

Tragó saliva y cerró los ojos un instante para intentar controlar el dolor de cabeza que comenzaba a igualar el ritmo de su pulso. Todo aquello era demasiado.

–Déjeme asegurarle que su esposo es un hombre respetable y estimado en…

–Creo que es suficiente por ahora –lo interrumpió aquella voz tan sexy–. Es evidente que Molly está demasiado cansada para esto. Todo ha sido muy duro, y quizás sea mejor que la dejemos descansar.

¿Se iba a marchar? El miedo le hizo abrir los ojos de par en par. ¿Y si se iba y no volvía? ¿Y si la dejaba allí sola, como una maleta que nadie reclama? ¿Y si, al día siguiente, todo aquello no había sido más que un sueño? ¿Es que no había nadie que supiera quién era ella de verdad?

La razón le dijo que eso no iba a ocurrir. Él la había identificado, y el personal del hospital sabría cómo localizar a un hombre que al parecer era tan respetable y que estaba tan bien considerado.

Sin embargo, el pozo de terror que había amenazado con succionarla durante días amenazó de nuevo. No podía enfrentarse a la idea de que volvieran a abandonarla.

–¡No! ¡Por favor, no te vayas!

Algo brilló en aquellos ojos de mirada implacable, pero aquella vez le pareció que era compasión.

–Doctor, ¿le importaría dejarnos un momento a solas? Sé que tiene usted mucho papeleo del que ocuparse. Lo veré cuando Molly y yo hayamos hablado.

–Por supuesto. Una idea excelente.

Al doctor no parecía importarle que lo mangoneara, lo cual significaba que bien estaba encantado de pasársela a otro, o bien que Pietro Agosti era un hombre muy importante con considerable influencia, de modo que asintió y, tras asegurarle que todo iba a salir bien, salió de la habitación.

A solas con el hombre que decía ser su marido, el

alivio se disipó, pero él, en lugar de seguir de pie, acercó la silla y se acomodó junto a la cama.

–Así está mejor. No tienes que retorcer el cuello para mirarme.

Esbozó una mínima sonrisa que, en aquella ocasión y sin saber a qué obedecía, suscitó una respuesta en ella. Sus músculos se relajaron un poco. Solo entonces se dio cuenta de que tenía encogidos los hombros y apretados los puños. Abrió las manos y acarició la colcha de la cama.

Estaba tan pálida y parecía tan frágil… No se esperaba algo así cuando le habían hablado de sus heridas. Había acudido de inmediato al hospital, agobiado por una oleada de sorpresa y alivio al conocer la noticia de que había sido encontrada.

Ver el dolor en sus ojos cansados hizo que se le contrajera el pecho.

Una de las cosas que le había atraído de ella era su disposición siempre cálida y alegre. Su facilidad para sonreír y cómo bailaban sus ojos, así que verla tan asustada le hacía desear romper cosas, a ser posible el motorista que la había derribado, seguramente en busca de su bolso con la cartera y el pasaporte dentro.

Apretó los dientes al imaginarse a Molly tirada inconsciente en la calle, el horror que debió de sentir al despertar y no recordar ni su propio nombre.

Los médicos le habían dicho que su pérdida de memoria podía deberse en parte al shock. ¿Al shock de la caída o a lo que había ocurrido antes de que llegase a Roma?

Una garra gélida le apretó la garganta y tragó con dificultad. El accidente o el asalto no eran culpa suya, pero lo que había ocurrido antes…

–Me alegro de que me encontrases –dijo ella con mirada solemne–. Es… inquietante no saber quién eres.

Parecía tan perdida y, al mismo tiempo, tan decidida a ser valiente, apartando el miedo que debía de estar sintiendo…

Su instinto de protección creció exponencialmente. Se creía inmune a la vulnerabilidad femenina. Había sido inoculado contra ella por una experiencia brutal, pero aquellas circunstancias eran distintas.

Fue a tomar la mano de Molly para tranquilizarla, pero se detuvo. Era mejor mantener las distancias. Tenía que proceder con cautela. No podía permitirse otro error.

–Ni siquiera puedo imaginarme qué se siente al no recordar nada –admitió–, pero no tienes que preocuparte. Cuidaré bien de ti.

–¿Ah, sí?

–Por supuesto. Puedes contar conmigo. Todo va a salir bien, Molly. Solo tienes que darte tiempo. No te preocupes por nada. Estoy intentando ponerme en contacto con tu hermana en Australia para que pueda venir a verte.

–¿Tengo una hermana?

Parecía tan ilusionada, tan deseosa…

–Se llama Jillian.

–¿Y mis padres?

Pietro negó con la cabeza y deseó poder darle mejores noticias.

–Lo siento, Molly, pero solo estáis las dos.

Su alegría se desvaneció y él sintió que se le cerraba el pecho. Sabía bien lo que era la pérdida.

–Pero soy afortunada. Tengo un marido y una hermana. Me preguntaba si llegaría a venir alguien a identificarme.

–Te sentirás mejor cuando salgas de aquí.

–¿De aquí? ¿Te refieres al hospital?

–Claro.

–¿De verdad? ¿Tú crees que me darán el alta?

De nuevo, Pietro experimentó aquella extraña sensación en el pecho al ver la esperanza iluminarle los ojos, y se dijo que era pura satisfacción de ver que aquello se podía solucionar fácilmente.

–No estás prisionera, Molly.

–Lo sé. Sé que han estado haciendo todo lo posible por mí.

Miró sus ojos marrones y dorados y se dijo que no tenía nada que temer. Su marido estaba allí. La persona en la que supuestamente confiaba por encima de todos los demás.

Pero aun así, volvió a experimentar ese hormigueo que partía de la nuca y le llegaba hasta la yema de los dedos, como una especie de asalto a sus sentidos.

Desde luego sentía una cálida oleada cuando contemplaba sus facciones orgullosas y la fuerza de su físico, pero ¿no debería haber algo más? ¿Una especie de alivio, de consuelo, de… sensación de estar en el hogar cuando lo mirase?

No era alivio. O no solo alivio. Había algo más, algo que su subconsciente quería decirle, pero en aquel momento no se le daba demasiado bien leer mensajes subliminales.

Derrotada, cerró los ojos y su intento de recordar volvió a fracasar.

—Molly, ¿qué pasa?

Había cerrado los ojos para bloquear el dolor, pero aun así percibió su urgencia, lo cual era natural si un hombre veía a su esposa en semejante estado. Era absurdo pensar que había algo que no estaba bien.

«Lo único que no está bien aquí eres tú. Tu cerebro no funciona como debe. ¡Pero si ni siquiera reconoces tu propio nombre! ¿De verdad creías que te iba a bastar con ver al hombre al que amas para que todos tus recuerdos volvieran de golpe?».

Era demasiado esperar y, sin embargo, no había modo de deshacerse de la sensación de que algo no iba bien.

La silla chirrió en el suelo y, cuando abrió los ojos, vio que Pietro iba hacia la puerta.

—¡No te vayas!

¿Era desesperación lo que había oído en su voz? Se incorporó de golpe haciendo caso omiso del dolor que estalló en su cabeza con el movimiento. Pues sí que estaba consiguiendo disimular su miedo…

—Quédate, por favor.

—Iba a buscar al médico. Tienes dolor.

—Por favor, no te vayas.

¿Siempre era tan demandante de atención? Esperaba que no.

¿Cómo explicarle a aquel sexy e imponente desconocido que daría lo que fuera por un poco de consuelo humano, en lugar de más medicación?

Vio que bajaba la mirada y, al hacer ella lo mismo,

comprobó que había extendido un brazo hacia él. Le temblaba la mano. Bajó el brazo y tragó saliva. La desesperación con la que buscaba su presencia, su contacto, la inquietaba. Tal vez había llegado al límite de sus fuerzas, y ya no era capaz de quedarse a solas con sus miedos.

–¿No me vas a llevar a casa?

Dejó de preocuparse de lo débil que sonase. Necesitaba saberlo.

–Claro que sí.

Había vuelto junto a la cama, pero no levantó la cara hacia él. Tenía la sensación de que esa mirada dorada podía ver dentro de ella, que era vulnerable a aquel hombre de un modo que no alcanzaba a comprender mientras que él, con su aire de control y su expresión indescifrable, era un libro cerrado para ella. Los amantes, los esposos, debían ser más… ¿iguales?

–Te llevaré a casa en cuanto los médicos digan que puedes irte.

«A casa».

Pronto. Pronto estaría lejos de allí, y los recuerdos volverían a ella al encontrarse en un entorno familiar.

La silla volvió a sonar, aquella vez con menos fuerza, y un largo brazo cubierto por una manga oscura se estiró sobre la cama. Un oro viejo brilló en el puño prístino de la camisa y una mano de dedos fuertes tomó la suya. Su contacto era suave y tranquilizador.

No habló y ella no lo miró a la cara, demasiado asustada de la terrible distancia que sentía cuando miraba al hombre que era su marido.

Su contacto estaba generando calor. Unas delicio-
sas oleadas de sensaciones recorrían su cuerpo hasta
que, poco después, se sintió flotar, desmadejada y
relajada, en un mar de bienestar.

Apretó su mano y él le devolvió la presión, y un
suspiro brotó de su garganta.

Se había confundido.

Había una conexión entre ellos. La estaba sintiendo. No era solo aquella deliciosa y cálida sensación de paz, sino algo más, algo vital que estaba expe-
rimentando en el centro de su ser. Como si la pieza
que faltaba en el rompecabezas se hubiera colocado
en su sitio y todo volviera a estar bien.

Esbozó una sonrisa, y sus pesados párpados se ce-
rraron. Pietro Agosti estaba con ella, y todo iba a salir
bien.

Pietro contempló a la mujer dormida que seguía
agarrada a su mano. Lo miró todo, desde sus dedos
delgados y muñeca delicada hasta su brazo desnudo,
que el sol de Italia había dorado. Sus pechos subían y
bajaban al ritmo tranquilo de su respiración.

Su cuello parecía frágil, como si hubiera perdido
peso en la última semana. El pensamiento le hizo
apretar su mano hasta que se dio cuenta de que lo que
necesitaba era descansar y aflojó.

Seguía estando demasiado pálida, lo cual resaltaba
sus pecas. Tenía unas cejas largas y finas, de un tono
más oscuro que su cabello. Igual pasaba con las pes-
tañas, que eran castañas y no rubias. Tenía una nariz
regular y una barbilla bien conformada. El único

rasgo sobresaliente era su boca, grande y exquisitamente dibujada, la clase de boca con la que un hombre podía fantasear.

Solo pensar en sus labios hizo que su sangre bajase y le despertara una importante tensión en el vientre.

Apartó las manos de la cama y se las metió en los bolsillos. Menos mal que había conseguido consolarla. Estaba asustada, e intentaba no demostrarlo, pero su contacto la había ayudado.

Estaba haciendo lo correcto. Por supuesto que sí. Había tenido que actuar con prontitud, no había tenido otra opción. Si lo hubiera pensado más detenidamente, se habría dado cuenta de la complicación que se avecinaba, pero llevaba días sin ser capaz de pensar con claridad.

Tenía a gala su sentido de la ética y del honor. Había quien lo acusaba de ser brutalmente sincero. Lo que iba a hacer, lo que estaba a punto de hacer, iba en contra de su código personal de comportamiento.

¿Por qué no llamar a las cosas por su nombre? Estaba mintiendo.

Pero tenía que ser así, al menos durante un tiempo.

No iba a hacerle daño. Al contrario: su objetivo era cuidar de ella durante el tiempo en que más podía necesitar su ayuda.

Hizo lo que hizo porque no había alternativa.

Capítulo 3

LA LIMUSINA apenas hacía ruido mientras se
deslizaba por las calles.

Molly evitaba mirar a Pietro, que iba sentado a
su lado. Las dudas sobre su relación la acosaban. No
tenía ganas de romper el silencio, sobre todo después
de lo agotador que había sido para ella salir del hospital. Era increíble lo débil que estaba, lo aislada que se
sentía.

Miró hacia delante con la esperanza de que alguna
imagen despertase un recuerdo, pero no sintió nada, y
se le cayó el alma a los pies cuando el coche continuó
avanzando por una ciudad que le resultaba totalmente
desconocida.

El sol brillaba y el día era cálido a juzgar por las
ropas de la gente que transitaba por la calle, pero ella,
con el aire acondicionado del coche, tenía frío. O quizás fuese la atmósfera que había detrás del cristal que
separaba al chófer de sus pasajeros.

En el encuentro con su marido no había habido
efusividad alguna. Solo amabilidad. ¡Ni siquiera un
beso! ¿Qué clase de matrimonio era el suyo?

No le tenía miedo a Pietro, pero su presencia la
ponía nerviosa.

Quizás fuera uno de esos hombres a los que no les

gustaba demostrar sus sentimientos en público. Además, ella estaba herida y era natural que Pietro la tratase con cuidado en lugar de tomarla entre sus brazos y besarla hasta quitarle el sentido.

Las mejillas se le encendieron con la idea. ¿Cómo sería sentirse pegada a ese cuerpo firme y delgado?

Había soñado con él. En el sueño, su mano la tocaba por todas partes, explorando a conciencia, volviéndola loca con un apetito urgente y carnal. Se había despertado húmeda entre las piernas y acalorada, pero en una habitación vacía.

–¿Cómo estás? –la voz profunda de Pietro le produjo un estremecimiento, como si aún siguiera sumida en aquel sueño–. ¿Está bien la temperatura?

Su rubor se intensificó porque él se había dado cuenta.

Además, eso: Pietro la observaba constantemente.

–Está bien, gracias.

A plena luz del día, era tan guapo como en la habitación. Parecía uno de esos hombres a los que ves en las portadas de las revistas y programas de televisión sobre ricos y famosos.

No guapo sin más. Su nariz arrogante y su mentón firme resultaban más poderosos que hermosos, y su expresión reservada, fría y considerada proclamaba que era un hombre con el que no se podía jugar.

Sin embargo, la noche pasada Pietro había permanecido sentado junto a la cama, dándole la mano mientras se quedaba dormida. Aquella mañana no había protestado mientras esperaban los resultados de más pruebas y luego había escuchado con toda paciencia al médico y a un buen puñado de los gestores más importantes del hospital, que sin duda habían aparecido porque él estaba allí.

Era un hombre muy importante del que no sabía absolutamente nada.

—¿Cómo me has encontrado? —le preguntó.

—Mi gente te estaba buscando.

—¿Tu gente?

—Mi personal.

—¿Tienes empleados?

Apenas hizo la pregunta se dio cuenta de lo absurda que era. Por supuesto que tenía empleados. Aquella limusina era particular y Pietro conocía al chófer por su nombre de pila.

—Dirijo una empresa —contestó, encogiéndose de hombros—. Puse a algunos empleados de mi confianza en la búsqueda.

—¿No me has buscado tú?

—Habías desaparecido. No era trabajo solo para una persona. También contraté los servicios de una empresa de investigadores privados.

Su voz se volvió más tensa y Molly comprendió aliviada que así debía de ser como Pietro se enfrentaba a la emoción: manteniéndola siempre bajo control.

—¿Cómo desaparecí?

—¿Disculpa?

—¿Cómo es que no sabías dónde estaba?

Pietro la miró en silencio.

—Supongo que no había salido simplemente a por un litro de leche, ¿no?

—Te habías ido a Roma y…

—¿Me había ido a Roma? ¿No vivimos aquí?

Estaba segura de que había dado una dirección en la ciudad al personal del hospital, pero como se hallaba un poco aturdida, tal vez lo había entendido mal.

—Estábamos en la villa de la familia en el campo. Tú querías venir a Roma y yo no podía acompañarte porque tenía otros compromisos.

Molly se recostó en aquellos lujosos asientos de cuero y se preguntó qué había en sus palabras para que le hubieran provocado aquella incomodidad. No tenía nada de extraño que vivieran en el campo, ¿no? Pero es que Pietro, con sus trajes elegantes y su aspecto impoluto, parecía un urbanita cien por cien. No se lo podía imaginar con unos vaqueros viejos y una camiseta.

Aunque le gustaría intentarlo. Sospechaba que le quedarían de lujo.

Tenía que ser por la extraña situación en la que se encontraban: casados y, sin embargo, desconocidos. Y quizás a la prevención con que parecía hablar él, como comprobando si aceptaba todo lo que le decía. ¿Por qué no iba a hacerlo? ¿Pensaría que quizás se podía olvidar de cuanto iba diciéndole? Había perdido la memoria a largo plazo, pero recordaba todo lo que había ocurrido desde que se despertó en el hospital.

—La cuestión es que, nada más llegar a Roma, desapareciste.

—No fue deliberado.

—Ahora ya no importa —respondió él—. Todo ha terminado.

Y apretó su mano brevemente. De inmediato, Molly

se sintió mejor. Y se quedó aferrada a su mano hasta que la limusina tomó una curva cerrada y Pietro volvió a su sitio.

–También tenemos una casa en Roma, ¿no? ¿Vamos ahora?

–Sí. No está lejos. Pero no te emociones, que acabamos de redecorarla por completo, así que me temo que no te va a poder despertar ningún recuerdo.

–Sabes leer el pensamiento.

–No. Es que es lógico que lo esperases.

–Estando con mis cosas, me sentiré mejor. Nunca se sabe. Igual algo tan tonto como alguna prenda de vestir me despierta un recuerdo.

Pensó con desconsuelo en el peine rojo y el bálsamo de sabor vainilla que iban en aquel precioso bolsito que Pietro le había ofrecido aquella mañana. De momento, ninguna de sus pertenencias había abierto la puerta a su memoria perdida.

Tampoco la ropa que le había llevado. Caros zapatos color piedra y un sencillo vestido de seda que en la percha no decía nada, pero que puesto la había transformado en una estilosa desconocida. Pero no se había reconocido con aquellas prendas.

–Me temo que vas a tener que esperar un poco más para eso.

–¿Cómo?

–Me refiero a lo de tu ropa. Te trajiste algo a Roma porque nuestra casa seguía aún con las renovaciones. Acababan de pintar y el decorador estaba añadiendo los toques finales, así que no te quedaste aquí.

Hizo una pausa, y ella tuvo la sensación de que veía incertidumbre en su rostro.

–Por desgracia, no me diste la dirección de donde pensabas quedarte antes de salir y de que tuvieras el accidente. Tu equipaje debe de seguir en la habitación que habías reservado, pero aún no lo hemos localizado.

–¿No sabes dónde iba a alojarme?

Era raro, pero él asintió.

–Habría sido lo más fácil que mi secretaria te hiciera la reserva, pero decidiste venir inesperadamente y siempre has sido muy… independiente. No te gusta molestar.

–Entonces, ¿esta ropa no es mía?

Tocó el vestido que era precioso y evidentemente caro, pero que no le parecía propio de ella, lo cual era absurdo porque no sabía qué clase de persona era.

–Te lo ha comprado una *personal shopper*. Una mujer muy discreta.

Pietro debió de notar su desazón porque se acercó a ella y volvió a poner su mano en la suya.

–No pasa nada, Molly. Todo se va a arreglar.

Su voz había adquirido aquel tinte grave que ella había oído en sus sueños la noche anterior, y un estremecimiento la recorrió de arriba abajo. Un estremecimiento no de desazón, sino de despertar. En respuesta al contacto de Pietro, su cuerpo había empezado a cobrar vida con un calor en el vientre y una tensión en los pechos bajo el sujetador nuevo de encaje.

Era revelador del carácter de su esposo el hecho de que no la presionara. Debía de sentirse herido por que no lo recordase, y sin embargo se mostraba paciente y contenido, y respetaba lo difícil que estaba siendo todo aquello para ella.

–Qué suerte tengo de tenerte –le dijo con una sonrisa–. Gracias, Pietro.

A Pietro se le pararon los pulmones cuando vio a Molly sonreírle, llena de gratitud y felicidad.

Sus sonrisas siempre habían sido increíbles. Cuando estaba despreocupada, eran como el sol en un largo día de playa. Cuando se divertía, te invitaban a compartir la broma. Y, cuando se excitaba, su sonrisa se volvía seductora e irresistible, el arma de una sirena con la capacidad de silenciar la voz de precaución más severa.

En aquel momento no era la precaución lo que lo inquietaba, sino su conciencia. Ella había aceptado cuanto le había dicho, y por supuesto era lo que él quería, pero verla tan agradecida...

Tenía que dejar a un lado su conciencia. No había sitio para tantos escrúpulos. Estaba haciendo lo correcto y sus objetivos eran los mismos que los de ella: cuidar de ella y del bebé.

–Bien. Ya estamos en casa.

Su casa resultó ser un ático maravilloso que ocupaba toda la última planta de un edificio.

Molly sintió que los ojos se le salían de las órbitas. Parecía algo extraído de las páginas de una exclusiva revista de decoración. Cada estancia era más discretamente lujosa que la anterior, todo en distintas tonalidades de blanco o crema. Rozó con la yema de los dedos la figura de un caballo, único toque de color en un enorme salón, y bajó la mano. Seguramente sería una antigüedad carísima.

El pulso se le aceleró al ver a través de una puerta de dos hojas el comedor formal, lo bastante grande para un banquete. Incluso el estudio minimalista que había al lado gritaba su coste a pleno pulmón, con sus escogidas piezas de mobiliario y sus obras de arte.

¿De verdad era su casa? Se sentía como una intrusa. Tenía que ser por la remodelación, porque ella sentía que no había nacido en una familia con aquel nivel de riqueza.

Pietro le presentó a una risueña ama de llaves, Marta, y le explicó que trabajaba para ellos durante el día, pero que se iba por las noches.

Molly asintió y dijo algo adecuado, sorprendida por la angustia que le estaba provocando saber que tenía personal que cocinaba y limpiaba por ella. Era… raro. Como si no estuviera acostumbrada a contratar a alguien para hacer un trabajo que podía hacer perfectamente sola.

Pero, cuando fue recorriendo guiada por Pietro el resto de la vivienda, se dio cuenta de que seguramente haría falta dedicar el día a tiempo completo para mantener aquel lugar tan inmaculado como estaba. Todo brillaba sin tacha, desde los espejos antiguos hasta la piscina alargada que había sido construida en el tejado. Incluso las plantas se mostraban exuberantes, sin una sola hoja que comenzara a agostarse.

Si se las hubieran dejado a ella, la mitad estarían enfermas. Su único talento de jardinería era matar las plantas que pretendía alimentar.

¿Cómo lo sabía?, se preguntó, quedándose inmóvil. ¿Lo sabía, o solo se lo imaginaba? ¿Estaba llenando su cerebro aquellos inmensos vacíos con historias que no eran reales? ¿Por qué se sentía rara con la noción de tener ama de llaves? Debería haber estado acostumbrada a tener gente que trabajase para ella, si era así como Pietro y ella vivían, ¿no?

—¿Qué pasa, Molly?

Pietro se acercó de inmediato, mirándola preocupado.

—Ven, siéntate.

La tomó por el brazo y la acompañó a una pérgola sombreada donde había una estilosa tumbona de hierro con un cojín color crema.

La palma de una mano cubrió su frente en busca de fiebre, y sintió deseos de quedarse acurrucada en su contacto, buscando consuelo de su presencia. Pero él apartó la mano y se agachó delante de ella, mirándola a los ojos.

—¿Qué ocurre, Molly? ¿Te duele la cabeza? Te llevo a tu cama.

Fue a tomarla en brazos, pero ella se lo impidió sin palabras. No confiaba lo suficiente en sí misma para hablar. Su respuesta a la idea de que la llevara en brazos iba a ser «¡Sí, por favor!». No porque necesitase tumbarse, sino porque quería sentirse rodeada por sus brazos.

Lo que había descubierto sin sombra de duda desde que se habían conocido era que se sentía mejor cuando él la tocaba, y anhelaba tanto ese consuelo que tenía miedo de que la hiciera débil cuando necesitara ser fuerte para salir de aquel momento de dificultad.

–No es necesario. Estoy bien, de verdad. Es solo que he recordado una cosa.

Fue una sorpresa ver que, en lugar de suscitar una sonrisa, su noticia le hizo fruncir el ceño.

–¿Ah, sí? ¿Algo importante?

–Cualquier cosa es importante, ¿no? –respondió, intentando leer su expresión, pero sin conseguirlo–. ¡Me he acordado de la jardinería!

–¿La jardinería?

–Qué tontería, ¿verdad? Lo lógico sería que me acordase en primer lugar de las cosas importantes, como tú, o como nuestra boda. O mi venida a Italia.

–¿No recuerdas nada de eso?

Su voz sonaba cargada de tensión y de pronto fue consciente de que también él había pasado unos días muy duros. Pensar que alguien a quien quieres desaparece sin dejar rastro, y que luego, cuando aparece, no te recuerda…

Sintió un temblor, un brote de nostalgia. Deseaba tanto conectar con él, derribar la barrera invisible que había entre ellos… pero no tenía valor. Para ella, seguía siendo un extraño.

Su sonrisa se disolvió.

–Lo siento. No quería darte falsas esperanzas. En realidad no es nada, ni siquiera una imagen clara en la cabeza. Solo la certeza de que soy una pésima jardinera. Siempre decía que tenía manos negras, en lugar de verdes, por la cantidad de plantas que he matado sin querer.

Se entusiasmó. Aquella última parte no la había recordado al principio. Las palabras habían salido solas. Era como si un tramo de carretera acabara de extenderse ante ella en tiempo real, pero no supiera lo que iba a aparecer tras la siguiente curva.

Intentó centrarse en la idea de cuidar de alguna planta. Quería conjurar una imagen que pudiera acompañar a las palabras que le habían llegado a la cabeza, y tener así la certeza de que aquello era de verdad un recuerdo, pero no encontró nada por mucho que lo intentó.

–¡Qué maravilla! –el entusiasmo tardío de Pietro casi la consoló de su fracaso–. ¿No dijeron que tu memoria iría volviendo?

Sonrió al levantarse. Debió de ser una mala pasada de la luz, pero le pareció que su sonrisa tenía un tinte frío, como si no le llegase a los ojos.

–Quédate aquí sentada, voy a traerte un refresco. No quiero que hagas demasiados esfuerzos.

–No hace falta. Lo que de verdad me gustaría es darme una larga ducha caliente, o un buen baño.

–Si estás segura… –se apartó para que pudiera levantarse–, pero después descansa un poco y más tarde hablaremos. Tienes que ir recuperando fuerzas gradualmente.

Estuvo a punto de decirle que se encontraba bien, y que ya había descansado más tiempo del que le habría gustado, pero la verdad era que se sentía cansada. ¡Y solo del estrés de salir del hospital! ¿Cuánto tiempo iba a tardar en recuperar la normalidad?

–Quizás tengas razón.

Además, Pietro quería cuidarla. No debería criticar su preocupación.

Qué tonta había sido en el hospital cuando, al verlo llegar, había tenido la sensación de que había algo amenazador y peligroso en él. Simplemente se preocupaba por ella.

¿Cuánto crecería su preocupación si supiera que estaba embarazada?

Tenía que decírselo pronto, pero todavía no. Según el hospital, su embarazo era de poco tiempo. Además, necesitaba más tiempo para adaptarse a ser Molly Agosti. Para conocer a su marido y a sí misma. Tenía tantas preguntas, tantas cosas que necesitaba comprender...

Por eso se dejó llevar hasta un precioso dormitorio, donde Pietro le preguntó si necesitaba algo más y luego se marchó, mientras ella se preguntaba por un instante o quizás dos si se quedaría con ella, si la abrazaría y la llevaría a la cama no para tener sexo, sino para acurrucarse juntos.

Con un suspiro, cruzó la habitación y abrió una puerta. En lugar de en el baño, se encontró en el vestidor. Muebles hechos a medida donde almacenar zapatos, bolsos, botas y sombreros, delante de los que había un diván, seguramente para recostarse mientras se decidía qué ponerse. Líneas de ropa en multitud de colores y estilos. Y mientras se volvía sobre sí misma para contemplarlo todo, se preguntó si todo aquello se habría comprado, al igual que lo que llevaba puesto, mientras estaba en el hospital. O quizás estaba todo en depósito mientras elegía lo que más le gustaba. Tendría que hablar con Pietro.

Pero descubrió una cosa más: que allí no había ropa de hombre.

Salió de nuevo al dormitorio y vio otras puertas, pero se trataba de una salida al jardín de la azotea, independizado del resto por un muro vegetal.

Entró de nuevo y abrió otra puerta. Era el baño, un espacio amplio con un exquisito mármol color crema con destellos dorados.

Ignorando la llamada de la bañera encastrada y la ducha lo bastante grande para que lo usaran unas cuantas personas a la vez, Molly se volvió y miró de nuevo el dormitorio. No había más puertas, de modo que el vestidor de Pietro no estaba allí, y no había signos de presencia masculina. Nada en las mesillas, ni en la mesa, ni siquiera en el sofá que miraba hacia la cama.

Pietro no compartía habitación con ella, lo cual volvió a plantearle la pregunta: ¿qué clase de matrimonio era el suyo?

Capítulo 4

EL SOL estaba ya bajo en el horizonte cuando Pietro se hallaba sentado en la terraza de la azotea, meditando sobre su situación.

El fracaso contaba con demasiadas posibilidades allí. En cualquier momento, si Molly recuperaba la memoria, todo se desbarataría. Ella había erigido tantas barreras que prácticamente sería imposible para él hacer lo que tenía que hacer.

Aunque tampoco eso iba a detenerlo. Estaba decidido a conseguir lo que necesitaba, y por ello su apuesta era la máxima.

Había nacido en una familia rica y privilegiada, pero también conocía la tragedia, el engaño y la desilusión, y todo ello había hecho de él un hombre que no jugaba, sino que trabajaba con determinación para lograr lo que quería y mantenerlo.

A la edad de diez años, el mundo se le había quebrado bajo los pies. Sus queridos padres y su hermana pequeña habían resultado muertos en un accidente. Supo entonces lo que era sentirse completamente solo y vulnerable, apartado del mundo. A medida que los años pasaron y que aprendió a afrontar aquella terrible sensación de aislamiento, se prometió que se construiría una vida que contuviera todo lo que había perdido.

El éxito del negocio familiar, que iba en picado hacia la insolvencia cuando él tuvo la edad suficiente para tomar las riendas, era el resultado de su determinación, pero en su vida personal no había logrado el éxito. Sonrió de medio lado. Qué curioso. Su matrimonio con Elizabetta había sido un fiasco. Tan distraído estaba con la idea de tener su propia familia gracias al hijo que ella decía que llevaba en su seno, que no había prestado atención a las señales. ¿Cómo no se había dado cuenta antes de que su esposa era una cazafortunas mentirosa? ¿Cómo se había dejado engañar por la farsa de aquel embarazo?

Pues muy sencillo: porque le había ofrecido lo que deseaba. Con lo que llevaba soñando desde que era un crío. Pertenencia. Familia.

Ella estaba ya fuera de su vida, pero el deseo permanecía. Seguía deseando tener lazos de sangre, su propia familia. Con Molly lo tendría. Sintió un escalofrío. Por fin, lo tendría todo.

Un ruido llamó su atención. Molly estaba en la puerta. Se le aceleró el pulso, igual que la tensión en el vientre.

Pero no era el éxito de su plan trazado con tanto esmero lo que le excitaba, sino el sexo.

Ver aquella delgada figura con unos pantalones blancos ajustados a media pierna, un top azul sin mangas y sandalias blancas sin tacón le había hecho experimentar un calor en el vientre tan intenso que le sorprendió. Su único deseo en aquel momento era acercarse a ella, tomarla en brazos y volver a llevarla directamente a la cama.

Le había pasado igual la noche que se marcharon

de la Toscana. A pesar de la furia y el sabor amargo que tenía en la boca, también la había deseado. Ni el orgullo, ni el sentido común habían erradicado el deseo que le inspiraba aquella mujer. Precisamente por eso había perdido los estribos de aquella manera.

A sus ojos, lo que Molly había hecho era imperdonable, pero aún peor era que siguiera deseándola a pesar de todo.

–*Ciao, bella* –la saludó.

Ella sonrió y se le acercó.

El sol de la tarde arrancaba de su melena destellos ámbar y dorados. Recordó cómo era hundir las manos en su pelo, fascinado por el color, un color que ella no apreciaba porque le parecía a medio camino entre el castaño y el rubio. Incluso había hablado de teñírselo algún día.

Las mujeres eran criaturas curiosas: nunca estaban conformes con lo que tenían.

–¿Has dormido bien?

–Mejor de lo que recuerdo haberlo hecho nunca –contestó ella, encogiéndose de hombros–. Lo cual no es decir mucho, porque mi memoria solo se remonta a unos días atrás.

–Paso a paso, *cara*. Llegarás.

Aunque a él le beneficiara su pérdida de memoria, tampoco quería pensar que la amnesia fuera permanente, aunque los médicos le habían dicho que no se podía saber con seguridad.

–Gracias, Pietro.

Pronunció su nombre como si dudara, y él volvió al día que se conocieron. Ella se había mostrado tímida pero encantadora, y su timidez desapareció en cuanto empezó a interactuar con los niños que estaban a su cargo y se olvidó de él.

La vio pararse junto a la mesa y mirarlo ladeando la cabeza, y de inmediato se puso alerta, consciente de que debía tener cuidado.

–¿Qué te parece gracioso? Estás sonriendo.

–¿Ah, sí?

–No exactamente sonriendo, pero habías ladeado un poco la boca y tus ojos parecían diferentes.

Pietro la miró, sorprendido de que hubiese deducido su estado de ánimo a partir de tan poco. Nadie más sabía leer en él con tanta facilidad.

Iba a tener que ser aún más cauto de lo que se había imaginado. ¿Siempre habría sido capaz de percibir sus pensamientos y sentimientos? La idea le resultaba inquietante. Estaba acostumbrado a detentar siempre el control, a ser él quien leyera a los demás, no a ser precisamente él el libro abierto.

Marta apareció con una bandeja.

–*Grazie*.

Molly sonrió y aceptó el refresco.

–*Prego, signora*.

Marta sirvió una copa de vino a Pietro y colocó un plato de *antipasto*.

–Veo que no has olvidado tu italiano –le dijo a Molly.

–De lo que me va a servir… sé decir «por favor» y «gracias», el nombre de algunas comidas y los días de la semana, pero me confundo con los números –respondió, mirándolo a los ojos–. ¿Antes lo hablaba con fluidez? No recuerdo. No recuerdo nada.

La alegre sonrisa que le había dedicado al ama de

llaves se desvaneció y sus ojos se sumieron en sombras. Le temblaron los labios. Molly no estaba fingiendo. Verdaderamente no recordaba nada de su pasado. Alargó el brazo y puso la mano sobre la de ella, que descansaba en la mesa.

–Date tiempo –le dijo–. Pero he de decirte que tu italiano no era aún fluido. Acababas de empezar a aprender.

–¡Y yo que esperaba que, al recuperar la memoria, pudiese hablarlo como una nativa!

Sonrió, pero él vio el miedo que se escondía en sus ojos. Sintió que se le encogía el pecho y apretó su mano. Quería ayudar, pero no había nada que pudiera hacer. Los expertos se lo habían dicho, pero semejante impotencia le hacía sentirse incómodo. Estaba acostumbrado a la acción.

–Puedo llenar algunos huecos vacíos si quieres.

La sonrisa de Molly fue su recompensa.

–¡Genial! Tengo tantas preguntas… pero antes, ¿qué es lo que te ha hecho gracia cuando he salido? ¿Tenía que ver conmigo?

–Estaba recordando el día que nos conocimos.

–¿En serio? ¡Cuéntame!

Fue como si hubiera encendido un fuego en su interior. Se inclinó hacia delante entusiasmada, sonriendo y mirándolo con unos ojos de un intenso azul. Siempre podía saber si estaba feliz o excitada porque sus ojos se volvían más azules que grises.

–Fue en mi villa de la Toscana.

–¿También tienes una villa en la Toscana? No, no me contestes –se apresuró–. Seguro que sí. Viendo todo esto, tiene sentido –su gesto abarcó todo el ático–. Supongo que también tendrás un coche deportivo de lujo demás de la limusina.

Pietro se encogió de hombros.

–Utilizo la limusina en la ciudad porque suelo trabajar atendiendo el teléfono. Cuando estoy en el campo, prefiero conducir yo.

Eso era mejor que decir que tenía varios deportivos y algunas propiedades, entre las que se encontraba la totalidad de aquel edificio. Recordaba cómo se le habían abierto los ojos de par en par al ver la limusina y luego el ático. Cómo había recorrido con cuidado las habitaciones, como si le diera miedo tocar algo, y no quería que se sintiera todavía más incómoda.

Molly tomó un sorbo de su refresco y se recostó en el sillón.

–Entonces, dices que estabas en tu villa de la Toscana. ¿Cuánto tiempo hace? ¿Cuándo nos conocimos?

–La primavera pasada.

–¿En serio? ¿Tan poco tiempo hace? –preguntó ella, con las mejillas arreboladas–. Entonces, estamos recién casados, ¿no?

Pietro asintió.

–No llevamos mucho tiempo juntos.

–Pero no compartimos habitación –dijo ella, con la mirada puesta en el vaso y las mejillas decididamente rojas.

¿Por qué había podido pensar que Molly aceptaría las cosas sin más?

–Necesitas mucho descanso. Los médicos han insistido en ello.

Y, por otro lado, a pesar del deseo que experimen-

taba cuando la tenía cerca, sus escrúpulos no le per-
mitían acostarse así con ella. Ya se estaba aprove-
chando de su amnesia. Si ella supiera cuanto él sabía,
no estaría sentada allí, charlando con él.

—Sí, estaba en mi villa de la Toscana —hizo una pausa
para asegurarse de que la distracción funcionaba—. Estaba trabajando en mi estudio, pero aquella mañana me
estaba costando concentrarme.

Molly lo miró con curiosidad y él siguió expli-
cando.

—La villa no es la única construcción que hay en la
propiedad. Más abajo, al otro lado de una pequeña
colina, hay una vieja granja. Mi prima Chiara es una
emprendedora y me convenció para que la dejase re-
habilitarla y alquilarla por habitaciones.

—¿Y yo la alquilé?

—No. Una familia de Australia. Los ancestros del
marido eran de la Toscana y querían explorar la zona
durante varios meses. Tú viniste con ellos para cuidar
de sus tres niños. La familia volvió a Australia la semana pasada.

—Cierto. Dijiste que era *au pair* —respondió ella,
haciendo girar su vaso sobre la mesa.

—Temporalmente. Eres profesora especialista en
educación infantil. Como uno de los chicos tenía difi-
cultades de aprendizaje, los padres querían conseguir
a alguien con tu cualificación.

—¿Renuncié a un trabajo de profesora por otro temporal de *au pair*? —preguntó Molly, frunciendo el ceño.

Al parecer, no había registrado lo que le había dicho el día anterior, pero es que tenía mucho que asimilar.

Pietro se recostó en su asiento, fascinado por su proceso de pensamiento. Con su sonrisa fácil y su naturaleza complaciente, cuando se conocieron simplemente la consideró perfecta para una aventura temporal. Fue después cuando descubrió que era mucho más compleja.

—Aún no tenías un puesto fijo, y esta era la oportunidad de viajar un poco antes de volver y buscar algo a más largo plazo.

Volvió a asentir despacio, y Pietro pensó en lo duro que debía de resultar saber cosas sobre uno mismo de labios de otra persona.

—Se te dan de maravilla los niños. Incluso cuando están cansados y se ponen difíciles.

Su sonrisa la hizo brillar, y envió un rayo de calor directo a su vientre.

—¿Y aquel día en tu estudio?

Pietro arrastró su pensamiento de vuelta al presente.

—Había un problema con la piscina en la casa de alquiler. No se podía utilizar y mi prima me pidió que dejase a los niños usar la mía, bajo supervisión, un par de horas al día.

—¿Y yo fui la supervisora?

—Sí. Todos los días venías con los niños. Incluso dos veces al día.

—Me imagino que para ti sería una lata intentar trabajar con los niños dando gritos y jugando.

—Me distraía, pero no me importó, la verdad.

Porque a él también le gustaban los niños. De hecho, quería tener hijos. Esa era la razón de que al final hubiera empezado a pensar de nuevo en buscar esposa después del desastre de Elizabetta. La familia era algo que ni el dinero ni el éxito podían comprar.

–¿Pietro? ¿Vas a acabar de contarme esta historia?

–Claro –le devolvió la mirada con una sonrisa y vio con satisfacción que ella tomaba aire de golpe. Sí, eso era lo que quería. Lo que necesitaba. Que Molly le respondiera, que confiara en él.

–Bueno, pues ahí estaba yo, peleando con un informe bastante aburrido, cuando oí risas.

–La mayoría de los niños alborotan mucho en la piscina.

–No fue a los niños a los que oí. Fue a una mujer. Era una risa como sol en estado líquido que se derramara por el jardín y entrase por la puerta. Me levanté, seguí el sonido y encontré a los tres niños y a ti.

Molly frunció el ceño.

–¿Sol en estado líquido? –repitió. Casi parecía incómoda–. Una exageración muy poética.

–No es una exageración –respondió él, recostándose en el asiento–. Y lo mejor es que no tenías ni idea de lo especial que eras. No pretendías llamar la atención.

Recordó la primera vez que vio a Molly, de pie al final de la piscina, con una camiseta blanca demasiado grande para ella que revelaba un bikini oscuro debajo. Tenía un lado de la cabeza mojado porque los niños la habían salpicado, y la otra mitad de la melena colgaba en ondas brillantes. Y aquella sonrisa…

Le había bastado con mirarla para sentir algo visceral. La garra de la necesidad. El pálpito del deseo. Un deseo de capturar el brillo de su sonrisa y el calor de su dulzura al jugar con los niños. Una necesidad de poseer aquel cuerpo esbelto y delicioso.

Y eso no había cambiado. Deseaba a Molly tanto como la había deseado entonces, pero tenía que dejarlo a un lado para no distraerse. Necesitaba estar completamente concentrado.

Molly contempló las facciones esculpidas del hombre que tenía ante sí. Rezumaba carisma, un aura de poder y masculinidad muy lejos de la media. Incluso con su memoria mermada lo comprendía bien.

Pietro Agosti era el tipo de hombre en el que cualquier mujer repararía. Su sonrisa bastaba para que las piernas se le volvieran de gelatina. Y cuando la miraba de ese modo…

Se había mirado en el espejo y había visto a una mujer corriente.

–¿Estás intentando decirme que fue amor a primera vista?

Le dio un vuelco el corazón. Pietro era su marido, así que en algún momento tenían que haberse enamorado, pero una reserva innata, o quizás la sensación de que él se guardaba algo, la hizo dudar. De todos modos, parecían una pareja desequilibrada. Él, un rico y sexy hombre de negocios, y ella, una profesora *au-pair* australiana que no iba más allá de la media.

–El amor necesita más tiempo –Pietro sonrió–. Pero desde luego sí que fue deseo a primera vista.

Su expresión cambió. Sus miradas se habían quedado enganchadas. Sintió en el vientre un intenso calor que ascendía como una llama silenciosa que le estuviera devorando el cuerpo.

El sentido común le dijo que la mujer que había

visto en el espejo no era de las que inspiraban deseo al instante a un hombre como él.

–¿No me crees?

Debía de haber leído su expresión.

Molly se encogió de hombros y tomó un sorbo de refresco.

–Me sorprende, eso es todo.

–¿No crees que podrías sentir deseo en un segundo?

Por supuesto que sí. El modo en que su cuerpo estaba respondiendo ante él era más que obvio.

–Fue mutuo, créeme.

Su voz adquirió un tono seductor que la hizo estremecerse y se le endurecieron los pezones.

¿Cómo podía hacer algo así solo con la voz? No, no solo con la voz. Aquellos ojos dorados parecían tener fuego dentro, y en aquel instante, sus dudas se desvanecieron. Cuando la devoró con la mirada, se sintió una Venus, hermosa y especial.

–¿Y llegamos a conocernos mientras estuve allí?

–Traías a los niños a la casa por la mañana y por la tarde para que se dieran un baño en la piscina.

–No parece muy romántico.

–Pasamos tiempo juntos y nos fuimos conociendo. A mí me gustan los niños, y disfrutaba estando con ellos. Y luego, cuando se iban a la cama, tenías la noche libre.

El fuego volvió a correrle por las venas.

Apartó de golpe la mirada, porque aunque era natural sentir aquella conexión primaria y urgente con su marido, al mismo tiempo le resultaba inquietante.

Tomó un largo trago de su refresco con la esperanza de que mitigase un poco el calor que estaba sintiendo. Quizás habría sido más fácil si él la abrazara y la sentara sobre sus rodillas. Si la hubiera cubierto de besos, o si al menos le hubiera dado la mano.

Pero seguía manteniendo las distancias.

—De modo que, ¿el sexo condujo al amor? Cualquier mujer se volvería loca por ti, Pietro.

—¿Insistes en pensar que todo fue cosa mía? Créeme si te digo que yo no estaba en el mercado para una relación, particularmente en mi propia casa. Pero tú me hiciste cambiar de opinión.

Algo en su voz la alertó. Había percibido un cambio en su tono que le susurró una advertencia que no pudo interpretar.

—Pero ya que estabas, decidiste jugar la partida, ¿no?

—He tenido amantes, no lo niego —respondió él—, pero eso ha cambiado ahora.

Se quedó mirándola tan fijamente que sintió el pulso una, dos, cinco veces en la garganta. ¿Alguna vez la había mirado un hombre con esa intensidad?

Era frustrante no saber si le había ocurrido más veces. Se sentía como un espectador que contemplase su vida desde la tribuna. Deseaba poder rendirse a la atracción que le inspiraba Pietro, poder consolarse en la parte física de su relación. Su cuerpo le decía que había sido excitante y satisfactoria. Pero, junto a la atracción, había una pesadumbre que la retenía.

«Sigue siendo un desconocido, aunque sea tu marido».

—¿Cuál es mi apellido de soltera?

—Armstrong. Te llamas Margaret Daisy Armstrong.

Parece ser que eran los nombres de tus abuelas, pero siempre te llamaron Molly.

–Y mi hermana se llama Jillian –resultaba tranquilizador decir su nombre, como si con ello fuese más real–. ¿Cuándo llegará a Roma?

–Lo siento, pero es que está resultando difícil contactar con ella. Va de mochilera recorriendo el mundo, pero puede que haya cambiado de planes y se haya ido a Sudamérica antes que al sudeste de Asia. Pero tengo a gente intentando localizarla.

Qué desilusión. Contaba con ver a su hermana en breve. Seguro que encontrarse con alguien con quien compartía tanto acabaría por despertar sus recuerdos, ¿no?

–No te preocupes, Molly –dijo él tomando su mano–. No tardaremos en encontrarla.

Ella asintió, sobrecogida por una oleada de gratitud por que estuviera a su lado y por que estuviera siendo tan comprensivo. ¿Por qué tanta desconfianza?

–Hay algo que debes saber –le dijo, humedeciéndose los labios y con el corazón desbocado. ¿Cómo reaccionaría ante la noticia? ¡Si ni siquiera estaba segura de lo que sentía ella!

–¿Sí?

–Estoy embarazada.

Capítulo 5

EL ENTUSIASMO se abrió paso en el pecho de Pietro, y miró a Molly sonriendo abiertamente. Un rasgo de su carácter le enorgullecía, y era el hecho de que nunca tropezaba dos veces en la misma piedra. El destino, en forma del cerebro accidentado de Molly, le había dado la ocasión de pasar por segunda vez por aquel momento crucial y hacerlo bien a la segunda.

La primera vez que le habló del embarazo, después de cenar en su villa de la Toscana, las cosas no habían ido bien. En realidad, había sido un desastre sin paliativos.

El arrepentimiento era para él una espada clavada en el vientre. De haber sido distintas las cosas, Molly no habría estado sola en Roma, el accidente no habría tenido lugar y su memoria continuaría intacta.

Y él no tendría que seguir en la cuerda floja, esperando a que volvieran sus recuerdos.

–Es una noticia maravillosa. ¡Maravillosa!

Tomó sus manos y la sintió temblar.

–No estás sorprendido. ¿Lo sabías?

–Ya me lo habían dicho –fue ella, en la Toscana, pero dejó que pensara que se lo había comunicado el personal del hospital–. ¿Y tú? ¿Estás feliz?

–Eso creo. Es difícil de asimilar. Aún no me parece real.

–Has tenido mucho a lo que enfrentarte, y te llevará un tiempo hacerte a la idea.

–¿Lo estábamos buscando?

Su sonrisa fue casi tímida, lo que le recordó que a pesar de tener un temperamento alegre, desenfadado y práctico, a veces le sorprendía con su romanticismo. Creía de verdad en los finales felices y el amor verdadero, y eso era algo a lo que pretendía sacarle partido.

–No, el embarazo ha sido inesperado, pero aun así este bebé es una bendición.

No eran palabras vacías, sino que salían del corazón. Siempre había deseado tener una familia. De hecho, esa había sido la razón por la que se había dejado embaucar por Elizabetta y el motivo de que, desde entonces, evitase el compromiso. Pero Molly no era Elizabetta. Ahora lo sabía.

–Cuánto me alegro de que pienses así. me había preguntado si…

Pietro se llevó la mano de Molly a los labios y la besó.

El gesto pretendía ser de consuelo y respeto, pero el roce de sus labios, el sabor único e indefinible de Molly, hizo que todo su cuerpo reaccionase y que algo intenso y crudo cobrase vida en su interior.

«Posesividad».

Molly había huido de él en una ocasión, y eso no volvería a suceder. Era la madre de su hijo, y su lugar estaba a su lado.

–Jamás tengas dudas sobre si deseo o no tener este hijo, Molly –le dijo muy serio y mirándola a los ojos–. Ahora concéntrate en lo que te han dicho los médicos: descansar y no preocuparte por nada. Todo volverá a su ser.

Dos días más tarde, Molly había estado eligiendo con cuidado lo que iba a ponerse para cenar. Después de examinar aquellas perchas de ropa seria y elegante, había encontrado un vestido corto en un intenso tono azul agua, hombreras finas y unas perlitas doradas en el escote. El color le hizo sentirse confiada y feliz, y el corte entallado del vestido realzaba su figura.

Se llevó la mano al vientre. Su embarazo era solo de unas pocas semanas y no se sentía distinta físicamente, pero estaba decidida a disfrutar al máximo aquellas preciosas prendas mientras pudiera hacerlo.

Además, tenía otra razón para arreglarse más aquella noche.

Se calzó unas sandalias doradas que le proporcionaron unos cuantos centímetros más y que le sentaban bien a sus piernas.

¿Pietro se fijaría?

«Por supuesto que se fijará. Se fija en todo. A veces te mira como si quisiera devorarte, bocado a bocado».

Sintió un estremecimiento y el calor líquido del deseo, un sentimiento familiar y creciente en frecuencia. Seguro que Pietro se sentía igual.

Seguía teniendo un hueco vacío en la memoria, pero la vista le funcionaba de maravilla y Pietro tenía una forma de mirar que a ella le erizaba el vello, aunque solía verle así cuando creía que ella no miraba. Y no hacía nada al respecto.

Su contacto hasta entonces había sido completamente impersonal y platónico.

La única vez que la había besado había sido en la mano el día que hablaron del bebé. Él le había asegurado que deseaba tener aquel niño, y ella, que estaba asustada por la idea de traer un hijo al mundo cuando ni siquiera se conocía a sí misma, se había dejado contagiar por su entusiasmo. Cuando Pietro hablaba del bebé y de su futuro, se emocionaba, y Molly había empezado a creer que iban a crear una familia maravillosa. Él era todo lo que siempre había necesitado: un hombre tranquilo, comprensivo e increíblemente atento.

Y educadamente distante.

¡Y ella quería sentimientos! Quería pasión y conexión. Quería intimidad.

Quería sentirse viva y real, no como una intrusa en su propia vida, y aquella noche estaba decidida a encontrar el modo de tender un puente que salvara el abismo que había entre los dos.

Pietro estaba ya en la terraza de la azotea cuando salió. La noche era cálida, y él estaba contemplando la vista que se disfrutaba de la ciudad con las manos metidas en los bolsillos del pantalón.

Era un lujo poco habitual poder observar a su marido sin que se diera cuenta, y lo que vio le intrigó. Su perfil era impactante, con aquellos ángulos casi arrogantes, y su cuerpo delgado y fuerte quedaba patente debajo de la ropa, pero aun estando en reposo, no parecía relajado. Apretaba el puño metido en el bolsillo, y sus hombros parecían cargar con una enorme tensión.

¿Qué le preocupaba? ¿Cosas de trabajo? ¿Tendría algún problema, o se trataría de otra cosa?

Cruzó la terraza. Juraría que no había hecho ruido alguno, y que entre el agua que caía en la fuente y el runrún distante del tráfico no se la podía oír, pero, cuando se acercó, Pietro se dio la vuelta y la miró directamente a los ojos.

–*Cara* –una sencilla palabra de cariño que hizo que se le acelerara el corazón–. Estás preciosa.

El modo en que la miró la animó a acercarse más. El calor de su cuerpo la envolvió y percibió con deleite el sutil perfume que llevaba. Estaba tan cerca que percibió algo más: el olor único a él, a hombre. Se acercó aún más.

Y entonces sintió que él se quedaba rígido.

¿No le gustaba que estuviera tan cerca?

La lógica le decía que Pietro mantenía las distancias para no presionarla, pero la duda arraigó en ella de inmediato. ¿Podía haber un abismo en su relación, un problema sobre el que Pietro no quería hablar hasta que no recuperase la memoria?

No pudo soportar el pensamiento y sonrió.

–Estás muy serio. ¿Qué estás pensando?

–No gran cosa.

Fue como si unas persianas de acero se cerrasen de pronto, haciendo que su expresión se volviera ilegible. De pronto el calor que palpitaba en el aire entre ellos se disipó, como si Pietro hubiera accionado un interruptor.

Ya lo había hecho antes. Normalmente era comunicativo y le gustaba hablar, pero en otras ocasiones tenía la sensación de que desviaba sus conversaciones.

–Puedes hablar conmigo, Pietro, que ya no soy una inválida –dijo, poniendo una mano en su antebrazo–. Sé que tienes otra cosa en la cabeza. ¿Es de trabajo?

Esbozó una sonrisa y esos hoyuelos tan sexys que se le dibujaban en las mejillas transformaron su rostro, de serio, a tremendamente atractivo.

–No, todo va bien en el trabajo. Ya te dije que tengo directores muy eficientes. Puedo permitirme estar unos días lejos de la oficina.

–Entonces, ¿qué te pasa? ¡Y no me digas que no es nada! –había alzado la voz sin querer–. Si es por mí, no hay por qué. Cada día que pasa me siento más fuerte.

–Ya lo sé.

–No me digas lo que quiero escuchar, Pietro.

¡Genial! Ahora parecía que andaba buscando pelea.

Frustrada, soltó su brazo y se apoyó en el muro de la terraza.

–Molly…

Ella no se volvió. Tenía la mirada puesta en los tejados de Roma, melocotón y ámbar a la luz de la tarde. Aquel era un oasis privado por encima del barullo de la ciudad, pero a pesar de su belleza y su paz, Molly necesitaba más. Se sentía acorralada por su negativa a compartir con ella sus problemas y tener una conversación real, y por los límites físicos que había impuesto.

–Salgamos –dijo él de pronto. Llevaba sin salir desde que había vuelto del hospital–. ¿Te apetece que cenemos en algún restaurante de por aquí?

–Marta está a punto de servir la cena, pero si quieres…

–No, no. Lo había olvidado.

Sin duda, el ama de llaves debía de haber invertido un buen número de horas creando otro triunfo culinario para su disfrute.

–¿Qué ocurre, Molly? No pareces tú.

Se mordió el labio inferior para no decir que él podía preguntar cuanto quisiera, pero ella no, y eso no era justo.

–Tienes razón. Me siento inquieta. Llevo demasiado tiempo encerrada. Sé que te preocupas por mí, y la verdad es que, hasta esta noche, me sentía demasiado cansada para salir.

–Eso se puede arreglar fácilmente –contestó él. ¿Era alivio lo que había visto en su mirada–. Salgamos mañana. Podemos ir a ver algunos sitios bonitos. ¿Te gustaría?

Desde luego, no podía pedir un marido más comprensivo, pero…

–Eso suena genial. Me encantaría ver Roma contigo.

–¿Pero?

Alzó una ceja al preguntar. Desde luego, era infalible leyéndole el pensamiento.

Respiró hondo y entrelazó las manos.

–No puedo quitarme de encima la sensación de que algo va mal entre nosotros. No compartes conmigo lo que tienes en la cabeza, y no…

–¿No, qué?

–¡Pues que no me tocas!

No pretendía decirlo así, pero… Pietro la miró con los ojos muy abiertos.

–¿Y eso te molesta? Yo creía que, como no me recordabas…

Molly se encogió de hombros. Pietro tenía razón. La lógica decía que no iba a recibir bien que la tocase un hombre al que apenas conocía, pero la cuestión era que sí que lo conocía.

Algo dentro de ella ansiaba estar con él. Cada vez que sonreía, se iluminaba por dentro. Se negaba a avergonzarse de sentir atracción por su propio marido. Debería estar complacido por que lo deseara.

—Estaría bien que no me tratases como si estuviera en una pensión —respiró hondo—. Por ejemplo, me gustaría que me besaras.

Por un segundo, vio que se quedaba completamente inmóvil, como si lo hubiera dejado perplejo. A continuación, el oro de sus ojos brilló.

—¿Eso es lo que te molesta? ¿Que no te haya besado?

Molly lo miró con los brazos en jarras. Él no sonrió, pero supo que por dentro se estaba riendo. Nunca había estado tan segura de nada.

—No le veo la gracia… Y no es solo por los besos. Es el estado de nuestra relación. ¿Me estás ocultando algo? Tengo la sensación de que algo no va bien. Tú…

Pietro tiró de ella y la pegó contra su cuerpo. Molly se había dicho que estaba preparada. ¿Acaso no estaba deseando tener intimidad con él? Sin embargo, sentirlo así, sentir aquel muro de músculos caliente que estaba sobrecargando todos sus receptores nerviosos, era mucho más de lo que se había imaginado.

Sorprendida, se quedó mirando aquella boca firme que estaba apenas a unos centímetros de ella. Estaba bien esculpida, resultaba fuerte y sensual, y dibujó con ella una sonrisa que fue una deliciosa invitación que hizo que hasta el último átomo de su ser se pusiera en pie y pidiera más.

Molly tragó saliva. Sabía que, en cuanto a besos, Pietro era un experto consumado, mientras que ella…

Pensar se volvió inviable cuando su boca la rozó. Una corriente eléctrica recorrió todo su cuerpo. Ese era el único modo de describir el latigazo que erizó su piel y que hizo que sus pezones pugnasen contra el sujetador.

Los labios de Pietro eran más suaves de lo que había esperado, y se movían con delicadeza, con una lacerante lentitud, como si quisiera tomarse su tiempo para redescubrir un territorio que debía de ser familiar para él. Para ella, sus caricias resultaron sorprendentemente nuevas. Pietro lamió la unión de sus labios y algo se trasladó de su vientre al lugar ocupado por un doloroso vacío entre sus piernas.

Se agarró a los brazos de Pietro. Otra caricia, esa vez más insistente, y algo dentro de ella se derrumbó, se plegó, y al mismo tiempo cobró vida.

Molly abrió los labios y la lengua de Pietro entró.

Las rodillas dejaron de sostenerla y fueron los brazos de él los que impidieron que se cayera al suelo. El efecto de aquel beso hondo y exigente fue inmediato y sobrecogedor. Aquello era lo que quería, lo que ansiaba y conocía. Subió las manos por sus hombros hasta hundirlas en su espeso pelo y sujetarlo junto a ella.

Quería recuperar un recuerdo y ya lo había hecho. No era un recuerdo como tal, sino una sensación. Su cuerpo temblaba de excitación y un gemido de alivio y excitación se le escapó de los labios al apretarse más contra él.

Fue entonces cuando el beso cambió. Pasó de ser lento y explorador, a algo más potente y urgente, como si pensara que necesitaba obtener una respuesta de ella.

Sintió una mano en una nalga que la apretaba contra su vientre y la otra la quemaba en la cintura, algo que le hizo preguntarse cómo sería su caricia en la piel desnuda.

La idea hizo crecer su necesidad y abrió más la boca, acariciando su lengua, invitándolo a devorarla. La mano de Pietro fue subiendo centímetro a centímetro hasta que su pulgar rozó su sujetador y ella contuvo el aliento. Cuando su mano cubrió por completo su seno, una descarga eléctrica partió de su pezón hasta alcanzar sus pies, desencadenando explosiones en muchos otros puntos, en particular entre los muslos.

Gimió aferrada a Pietro y fue su propio cuerpo el que dirigió el camino a un mundo sensual de dar y recibir, de construir el éxtasis.

Aquello era un arcoíris de color después de habitar un mundo de grises, una comida deliciosa después de haber tenido la boca llena de ceniza. Era la vida, el sexo y el amor después del miedo, el dolor y la soledad.

Y él parecía estar tan afectado como ella porque contra su vientre estaba notando su erección. Ese signo de su necesidad era más tranquilizador que sus palabras más dulces. Era prueba de que, a pesar de todo, la pasión y la conexión que habían compartido seguía siendo fuerte.

Ser consciente de esa reacción de él la hizo sentirse poderosa por primera vez desde que se despertó en el hospital. Estaba dejando de ser una víctima.

En los pocos días que alcanzaban sus recuerdos, nunca había estado tan segura de cualquier otra cosa como de que Pietro era el hombre dueño de su corazón. Porque, era amor, ¿no? No podía ser solo lujuria lo que la inundaba. Sabía a amor. Lo sentía como se siente el amor, manando del corazón.

Sonrió sin separarse de la boca de su marido y se aferró a él, sintiéndolo palpitar con una necesidad contenida a duras penas. Deslizó una mano por su costado hasta llegar a su erección. Era larga y grande, tan impresionante como...

Pietro dejó de besarla y le sujetó las manos. A Molly le costó volver a la realidad, salir de aquel asalto sensual y embriagador. Vio que el pecho se le movía por la respiración alterada y que el pulso le batía en la base del cuello con suma rapidez, como a ella.

Mientras se esforzaba por llevar oxígeno a los pulmones, fue subiendo con la mirada hasta llegar a sus ojos, más dorados que marrones.

Parecía estar esforzándose por mantener el control, y verlo así le complació.

–¿Por qué paras?

–Prometí cuidar de ti, Molly, ayudarte a recuperarte, pero ese beso nos llevaba directos a...

–Sé dónde nos llevaba, Pietro. He perdido la memoria de cosas específicas, no de la vida en general –estaba cansada de que la tratasen como a una inválida–. No pasa nada porque marido y mujer se besen.

Estiró el brazo y apoyó la palma de la mano sobre

su pecho. El corazón le latía desaforadamente, solo una pizca más despacio que el suyo.

–¿No estaba Marta a punto de servirnos la cena? –preguntó, frunciendo el ceño.

Pietro parecía un poco fuera de sí, y le vio pasarse la mano por el pelo. Lo llevaba perfectamente cortado y volvía a su sitio inmediatamente, de un negro resplandeciente sobre su piel morena.

Molly sintió un golpe en el pecho. Se quedó inmóvil, y él la miró frunciendo el ceño. Había algo justo al lado de su consciencia. Algo vital que necesitaba…

–¿Qué pasa, Molly?

Ella negó con la cabeza, intentando desesperadamente asir aquel retazo de… ¿era un recuerdo?

–No lo sé. Hay algo que… algo que he estado a punto de recordar.

Intentó no mirarlo porque no quería que su excitación pudiera alimentar la suya propia y destruir cualquier esperanza de recuperar aquel pensamiento esquivo.

–Levanta la mano.

Él lo hizo, pero nada. No había nada. La tomó entre las suyas y le dio la vuelta. Tenía los dedos largos y fuertes, morena en el dorso con poco vello, uñas cuidadas, el grueso sello en un dedo. Tenía manos sexys. Era fácil imaginárselas acariciándola.

Deslizó el pulgar por sus dedos y a continuación, casi sin darse cuenta de lo que hacía, colocó su mano al lado de la de él y reparó en la diferencia de tamaño y color…

De pronto sintió como un fogonazo que la deslumbró, una punzada en el corazón.

Trastabilló hacia atrás hasta que Pietro la sujetó. ¡No podía ser! Pero sabía lo que había visto, lo que su cerebro por fin había descubierto.

No era un recuerdo, sino una mera deducción lógica que la dejó con una sensación de náusea en el estómago.

—Ya me puedes soltar.

—¿Era un recuerdo? —le preguntó él—. Parece que hubieras visto un fantasma.

Molly intentó sonreír, aunque en realidad fue solo una mueca.

—No, no he recordado nada, pero me he dado cuenta de algo que debería haber notado desde el primer momento —volvió a tomar su mano—. Llevas un sello.

Él asintió.

—Era de mi padre. Significa mucho para mí.

—¿Más que tu matrimonio? Porque alianza no llevas.

Supo que tenía razón por el modo en que apretó los dientes, como si estuviese conteniendo una respuesta.

—Por supuesto, no todos los hombres llevan alianza, pero la mayoría de las mujeres australianas la llevan —sabía que se estaba pasando, pero no le cabía la más mínima duda de que tenía razón—. Yo la llevaría si estuviera casada y, sin embargo... —levantó su mano—, no hay anillo. Ni siquiera la marca de que lo llevase antes.

¿Por qué no se habría dado cuenta antes? Era algo tan sencillo... ¿Debía culpar a su pobre y confuso cerebro, o se había dejado engañar porque deseaba creer en Pietro? ¿Habría decidido de manera subconsciente no cuestionar su versión de los hechos porque necesitaba desesperadamente pertenecer a algún lugar?

De pronto, la fuerza de Pietro le pareció más amenazadora que reconfortante, y el pánico avanzó.

–No estamos casados, ¿verdad, Pietro? ¿Qué quieres de mí? –subió la voz–. ¿Por qué estoy aquí?

Capítulo 6

MOLLY esperaba una reacción. Consternación quizás, o vergüenza por que le hubiera pillado en una mentira. Algo. Pero miró a Pietro y no pudo leer nada en su rostro, y la absoluta inmovilidad de su expresión le confirmó que tenía razón.

«Se ha preparado para este momento», pensó.

–Lo siento, Molly.

Percibió arrepentimiento en su voz y se le erizó el vello. De pronto, aquella tarde cálida se volvió fría y se frotó los brazos intentando estimular la circulación de la sangre, que parecía habérsele helado.

No lo negaba.

Se le detuvo el corazón. Era cierto. Pietro Agosti no era su marido.

Entonces, ¿quién era? ¿Alguien que daba caza a mujeres vulnerables? Pero entonces, ¿por qué había interrumpido el beso, cuando podía haberla tenido fácilmente? No, no iba a seguir esa línea de pensamiento. ¿Era una prisionera en aquella casa?

¿Por qué había dicho ser su marido? La cabeza le daba vueltas tan rápido que no tenía tiempo de asimilar ninguna explicación lógica. Incluso se sentía mareada.

–Respira hondo –dijo él en voz baja, como si le hablase a un niño asustado, ofreciéndole una silla–. Ten. Ha sido un shock.

Molly se sentía inestable, pero no quiso obedecer.

–¡No me digas lo que tengo que hacer! Y lo del shock, ¿de quién es la culpa?

¿Quién era aquel hombre que la había secuestrado y se la había llevado a su casa? Y, sobre todo, ¿quién era ella? ¿Serían falsas todas las historias que le había contado del tiempo pasado juntos, de su pasado, incluso sobre su nombre y sobre su matrimonio?

Un miedo atroz se le arremolinó dentro, pero fingió no darse cuenta y centrarse en la ira.

–Si no eres mi marido, ¿quién eres? ¿Por qué me has traído aquí?

–Soy Pietro Agosti, como te he dicho.

–¿Por qué iba a creerte?

Él sacó una cartera del bolsillo y le mostró un carné de identidad: Pietro Agosti, treinta y dos años, con una dirección en Roma. Le mostró también un par de tarjetas de crédito con el mismo nombre.

Su corazón bajó un poco las revoluciones. Le había dicho su verdadero nombre.

–Aquí dice que vives en Roma, no en la Toscana.

–Paso tiempo en los dos sitios. Este es mi lugar de residencia oficial. La villa de la Toscana es la casa de mi familia, heredada de mis padres. Créeme si te digo que lo he hecho con la mejor intención. No había manera de que el hospital me informase de tu estado, y mucho menos que te dejaran a mi cuidado si no estábamos casados. Fue una treta necesaria porque, de otro modo, seguirías allí sola y asustada. Tenían que creer que era tu pariente más cercano. Me mataba la preocupación, Molly. Tenía que ver que estabas bien.

Por fin un atisbo de emoción en aquellos ojos…

¿Sería real o fingido? A pesar del frío que estaba sintiendo en los huesos, la piel la tenía húmeda. No sabía qué creer.

–Y el problema fue que, una vez le dije al personal del hospital que estábamos casados, ya no podía desdecirme, y me he estado preguntando cuándo podría revelarte la verdad sin que te alteraras demasiado. Acabarías recordando, pero ¿quién podía saber cuánto ibas a tardar? Ningún momento era bueno para contártelo. Me parecía que aún estabas… delicada. No me parecías preparada para la verdad.

–¡Pero no estaba tan delicada como para no besarme! –explotó, rodeándose la cintura con los brazos.

¿A quién había besado? ¿Qué pasaba con la certeza que había tenido de que Pietro y ella habían sido amantes, de que habían compartido pasión y amor? ¿Se había acercado a un perfecto desconocido que la tenía allí por razones desconocidas?

Era una idiota. Una idiota confiada.

–Ah, así que debería disculparme también por eso –contestó él, sonriendo–. Debería haberme resistido, pero a un hombre solo se le puede pedir contención hasta cierto punto.

–¿Porque estoy a tu merced?

–¡Porque eres mi amante! –respondió Pietro, ya sin sonrisa.

–¿Lo soy?

–¡Pues claro! ¿Por qué si no iba a buscarte por toda Roma?

–De eso, solo tengo tu palabra.

Vio que giraba bruscamente la cabeza, casi como si lo hubiera abofeteado.

–¿Piensas… qué es lo que piensas? ¿Que soy un perfecto desconocido que entró al hospital en busca de una mujer a la que secuestrar? ¿Que te traje a mi casa, te compré todo un armario de ropa e intenté cuidar de ti porque tenía algún extraño plan?

Vio que apretaba los dientes como si nunca se hubiera sentido tan insultado. ¡Pues que se sintiera como le diera la gana! Necesitaba respuestas.

–No sé qué pensar –respondió–. Acabo de descubrir que la única persona del mundo que dice saber algo de mí me ha estado mintiendo. Lo único que yo sé de ti es tu nombre. Dime, ¿qué se supone que debo creer? No sé nada. Ni siquiera si puedo confiar en ti.

La tensión estaba dejando una nota discordante en su cuerpo. Era la náusea del estómago y el sabor amargo del miedo en la lengua. Fue un esfuerzo sobrehumano el que hizo para permanecer de pie y frente a él.

Pietro murmuró algo entre dientes y se dio la vuelta para caminar por la terraza mientras murmuraba cosas en italiano. Varios pasos más allá se detuvo y se pasó la mano por el pelo.

–Lo siento, Molly –dijo, con la voz tensa–. Sabía que descubrir la verdad iba a ser un shock para ti, pero en ningún momento me imaginé algo así.

Y se aferró a la barandilla de la pared con tanta fuerza que se le pusieron blancos los nudillos.

–En primer lugar, estás completamente segura conmigo. No soy un delincuente, ni un perturbado mental.

Molly fue a decir que tenía que fiarse de su palabra, pero decidió no hacerlo. Era mejor dejarle hablar que hacer preguntas.

–Puedo pedir referencias si quieres –añadió, sonriendo de medio lado y, a pesar de todo, Molly volvió a sentir algo raro en el estómago–. Conozco a un par de jueces y a algún oficial de policía. ¿Te valen?

Molly se encogió de hombros.

–En segundo, eres de verdad Molly Armstrong, nacida en Australia, y nos conocimos como te he contado.

¡Qué alivio! La idea de volver a ser una mujer sin nombre y sin pasado era insoportable.

–Y somos amantes. Pensaba que después del beso de antes no tendrías dudas, pero esto podría ayudar.

Se sacó un teléfono del bolsillo.

–¿Qué es eso?

–Una foto de nosotros dos.

Molly enarcó las cejas. Habían hablado y hablado de su pasado, pero no se le había ocurrido preguntarle por las fotos. ¡El golpe que se había dado en la cabeza le había afectado de verdad!

–¿Por qué no me la habías enseñado antes?

–Porque no quería que me pidieras más fotos… las de la boda, por ejemplo. Ten.

Era un *selfie* que Pietro había tomado. Él estaba sin camisa, en bañador, agachado delante de una piscina. Por un segundo su atención se centró en toda la musculatura que quedaba a la vista. Entonces se vio a sí misma con un bikini negro, el pelo empapado y sonriendo. Entre los dos, había un niño pequeño de pelo castaño con gafas.

Abrió los ojos de par en par y buscó parecidos familiares.

–¿Quién…?

–Es Tom, uno de los niños que cuidabas. Quería que nos hiciéramos una foto.

Molly contempló la imagen. Parecían relajados y felices. Y Pietro tenía la mano puesta en su cintura.

Tom quería una foto. No él, Pietro. ¿Qué quería decir eso? Pietro decía que eran amantes, y aquella foto parecía mostrarlo, pero no era una prueba. Un amante tendría una foto solo de ella, ¿no?

–¿Tienes más fotos de nosotros dos?

Él la miró antes de contestar.

–Un momento.

Pasó más imágenes y le devolvió el teléfono.

A duras penas reconoció a la mujer de la foto. Estaba descalza sobre una manta colocada debajo del tronco retorcido de un olivo. Se había recogido la falda a la altura de las rodillas y la camisola de encaje que llevaba tenía desabrochados los primeros botones. Pero no eran sus prendas arrugadas lo que llamó su atención, sino la sonrisa con que invitaba a compartir un racimo de uvas negras y la mirada voluptuosa que dirigía a la cámara.

El calor sofocó su pecho y su cuello al contemplar a su *alter ego*. No se podía creer que hubiera sido dueña de una mirada tan sexy y confiada.

«A menos que estuvieras enamorada».

Lo que le había dicho su vocecita interior tenía sentido. O estaba enamorada hasta las trancas del hombre que había tomado la foto, o era pura lujuria lo que se desprendía de su lenguaje corporal. Fuera como fuese, denotaba un nivel de intimidad que explicaba por qué estaba tan cerca de Pietro en la foto anterior.

–Ya…

No sabía qué decir. Era curioso que se sintiera como un *voyeur* asomándose a la vida amorosa de otra persona, porque no podía recordar un solo momento de su relación.

Solo que se había sentido maravillosamente bien en sus brazos. Tan bien cuando sus labios se habían fundido y la había apretado contra él.

–Ahora entenderás por qué nuestro beso ha sido tan explosivo –explicó él.

¡Era como si le hubiera leído el pensamiento!

–No intentes negarlo, Molly. Yo también estaba ahí. Yo también lo he sentido –dijo con una de sus sonrisas lentas que le transformaban la sangre en miel–. Aun sin tu memoria seguimos conectando. Ha sido un alivio.

–¿Cómo dices?

–Creía que, al no recordar nada, no desearías besarme –aclaró él, encogiéndose de hombros–, pero lo hiciste, y volvió a ser como era. A tener la misma fuerza.

Entonces estaba claro que habían sido amantes. ¿Continuaban siéndolo? ¿Por qué iba a mentirle sobre ello?

–¡El bebé! –se le ocurrió de pronto. ¿Cómo podía haberse olvidado?–. ¿El bebé es…?

–Es mío. Eso no lo dudes ni por un segundo –contestó, muy serio, y dio un paso hacia ella. Molly no se movió–. O debería decir, «nuestro» –su voz era una pura caricia–. Lo criaremos juntos.

–¿Ah, sí?

–Por supuesto. Vamos a casarnos –sonrió de nuevo.

–¿Estamos comprometidos?

¿Por qué le resultaba tan sorprendente la idea? Hacía apenas media hora creía que ya estaban casados.

Quizás fuera por la clara satisfacción que mostraba el rostro de Pietro. Ya no se estaba molestando en ocultar sus sentimientos y Molly se estaba sintiendo desbordada por la intensidad de su complacencia. Era muy fuerte sentirse tan querida.

Se le aceleró el pulso cuando Pietro tomó su mano y la besó, no en el dorso aquella vez, sino en la palma. Su respuesta era tan visceral, aquellos estremecimientos de placer que le subían por el brazo y le recorrían la espalda, que se convenció de que ella también deseaba estar con él, particularmente en el ámbito físico.

«¿Y qué pasa con lo demás? ¿Vas a aceptar todo lo que te diga? ¿Acaso no te mintió en lo de estar casados? ¿Sería solo con el fin de traerte a casa?».

–Solo tengo tu palabra en cuanto a lo de que estamos comprometidos –dijo, mirándose la mano.

–¿Me disculpas un momento? Tengo algo que te ayudará a verlo más claro.

Y se dirigió al interior de la casa. En la puerta de la terraza se encontró con el ama de llaves y le dijo algo en voz baja. ¿Estaría retrasando la cena?

Se acomodó en una silla e intentó serenarse con la vista de Roma. ¿Qué debía creer? Desde luego, Pietro se había tomado muchas molestias para cuidar de ella, y en el corazón sentía que aquel hombre era importante para ella.

¿Lo amaba?

Resultaba tentador creer que sí, pero si algo había

aprendido en aquellos últimos días era que debía tomarse las cosas con calma y no dar nada por sentado.

Unos pasos sonaron en el empedrado que cubría el suelo de la azotea y se volvió. Era Pietro que regresaba. Desde luego, era la fantasía de cualquier mujer: alto, moreno y guapo, y los ojos le brillaban con una intensidad que le derretía el pensamiento.

–Te lo había guardado –dijo, tendiéndole una cajita de terciopelo azul.

El corazón le golpeaba las costillas y sentía mariposas en el estómago.

–¿Qué es?

Se hacía una idea bastante aproximada, pero no tenía prisa por abrir la caja.

–Es tuyo.

Molly tragó saliva. Aceptar aquella caja era como traspasar un límite.

Estaba caliente de la mano de Pietro, y tras un instante de pausa, abrió la tapa.

Las llamas de un fuego ardiente la deslumbraron. Era un anillo, por supuesto. Una pieza increíble que dejaría sin aliento a cualquier mujer.

–Un ópalo –musitó. Pero no un ópalo cualquiera. Se trataba de una piedra azul índigo con retazos de verde iridiscente y, cuando se la movía, aparecían fogonazos de rojo como si los emanasen unas llamas interiores–. Es increíble.

Y además, estaba flanqueado por dos filas de diamantes.

Abrió los ojos de par en par. ¡Debía de haberle costado una fortuna! Miró a Pietro y se encontró con que le sonreía.

–Me alegro de que te lo parezca. Pensé que te gustaría algo de tu tierra.

Su delicadeza le hizo un nudo en la garganta. Era el acto de un hombre que sentía de verdad algo por una mujer. Un hombre preocupado por que pudiera echar de menos su país.

–Es tu anillo de compromiso. No he tenido ocasión de dártelo antes, y me gustaría que lo llevaras.

No podía dudar de su sinceridad, y su mirada expectante le hizo parecer por primera vez distinto, sin tanta confianza ni control. Como si todo dependiera de que ella aceptase el regalo. Como cualquier otro hombre, esperando a ver si a su prometida le gustaba su elección de anillo.

–¿Cuándo…?

–¿Cuándo lo compré? Lo pedí estando en la Toscana. Lo han creado siguiendo mis especificaciones.

En la Toscana. Aquella preciosidad no había llegado antes de que ella se marchara a Roma, y esa era la razón de que no lo llevara puesto al despertarse en el hospital. No podían llevar mucho tiempo comprometidos.

–Dijiste que nos conocimos unos meses antes. No es mucho tiempo para estar ya comprometidos.

–Lo suficiente, Molly. Sé que eres la mujer con la que quiero casarme.

Su tono no admitía lugar a dudas y su corazón, tan necesitado, se estremeció.

Pietro estaba esperando a que dijese algo, pero ella no encontraba las palabras. ¿Cómo podía hablar de amor y matrimonio cuando casi ni lo conocía.

–Tú también querías casarte –dijo él al ver que guardaba silencio–. Es lo que dijiste –añadió, frunciendo el ceño.

A pesar de su sonrisa, parecía tenso. ¿Estaba esperando a que dijera que seguía sintiendo lo mismo?

–Es maravilloso, Pietro, y quiero llevarlo, pero es que me siento… rara. No recuerdo estar comprometida contigo y…

Los ojos se le llenaron de lágrimas. ¡Qué horror! Sus emociones subían y bajaban como en una noria.

–No pasa nada, Molly. Tranquila –la abrazó–. No tienes por qué sentirte mal. Esto puede esperar. Lo importante es que sepas cómo están las cosas.

Casi se sentía culpable de estar encontrando consuelo en su abrazo cuando no era capaz de ponerse el anillo.

–Es que me siento desbordada. Es tan bonito, y te has tomado tantas molestias, pero no recuerdo nada sobre nosotros y me parece mal aceptarlo.

–No tengas miedo –dijo él, acariciándole el pelo–. Ya verás como eso cambia –se separó para mirarla a la cara–. Relájate, Molly. Quédate el anillo y ya te lo pondrás cuando te parezca que es el momento –le dedicó una sonrisa que le llegó hasta los dedos de los pies–. Olvidémonos de ello por ahora. Vamos, que la cena ya está servida.

Bajo la pérgola se había dispuesto una mesa para dos con un mantel de hilo y cubertería de plata. Unas gruesas velas prestaban su resplandor.

Pero fue la solicitud de Pietro durante la cena lo que hizo que la velada resultara romántica.

No hizo caso de la cajita de terciopelo que ella

dejó sobre la mesa, y la entretuvo con historias sobre Roma y sobre lo que se podía visitar.

Molly se fue relajando. ¿Cuántos hombres en la situación de Pietro habrían sido tan pacientes? Era afortunada por tener a un hombre como él en su vida.

Pietro vio cómo la postura de Molly se iba relajando y supo que había hecho bien en no presionarla, por frustrante que pudiera resultar esperar.

Verla asustada y preocupada despertaba en él su instinto de protección, como el momento en que se dio cuenta de que no estaban casados. Había actuado siguiendo un impulso al decir que era su marido, y solo más tarde cayó en la cuenta de que, en algún momento, acabaría por darse cuenta de que no llevaba alianza, pero ya era demasiado tarde para ponerle remedio y, por otro lado, quería que cuando Molly llevara una alianza fuese real, no una treta para sacarla del hospital.

Y en cuanto a su compromiso… sabía que tenía que ir despacio. Si la forzaba, acabaría por asustarla y volvería a la casilla de salida.

Se le encogió el estómago al recordar el momento en que se marchó de la villa de la Toscana. No tenía intención de pasar unos días de vacaciones en Roma, sino de tomar un vuelo para Australia con intención de no volver jamás. Al despedirse, él estaba paralizado por la furia y ella le había dicho que no quería volver a verlo.

Una punzada de remordimiento abrió un abismo en su vientre.

Era cierto que había encargado el anillo de pedida estando en la villa, pero no porque le hubiera pedido que se casara con él y ella hubiera aceptado, sino porque apenas habían pasado unas horas de su marcha cuando se dio cuenta de que había cometido un gran error.

Se casarían. No podía renunciar a su hijo. La familia lo era todo. No solo importante, sino algo que había deseado con locura desde que tenía memoria. Desde que le arrebataron la suya con tanta crueldad. La solución era fácil: asegurarse la custodia del niño uniéndose a Molly en matrimonio.

Al fin y al cabo, ella lo había mirado muy ilusionada al hablarle por primera vez del embarazo, y sus comentarios sobre un posible futuro juntos habían revelado sus esperanzas románticas. Menos mal que no recordaba su última tarde en la Toscana.

Por primera vez desde Elizabetta, la primera vez en seis años, había dejado que la emoción desbordase a la lógica en un devastador tsunami, pero la sangre se le helaba en las venas al recordar lo que le había dicho aquella noche.

Pero no era el momento de darle vueltas a eso. Tenía que concentrarse en el presente y en el futuro, cuando por fin tendría la familia que siempre había deseado.

Solo tenía que asegurarla. Lo único que tenía que hacer era cortejarla y conseguir que volviera a enamorarse de él. Así, cuando recuperara la memoria, lo de separarse no sería más que una quimera, y la tendría donde quería tenerla, es decir, en su casa, criando a su hijo.

Un plan sencillo y a prueba de tonterías.

Capítulo 7

EL DÍA siguiente resultó cansado pero bueno. Muy bueno. Tanto que Molly no podía dejar de sonreír. Estar en la ciudad lo cambiaba todo. El apartamento de Pietro era espacioso y las vistas maravillosas, pero había empezado a sentirse encerrada, y aquella iba a ser su primera salida desde que se despertara en la habitación del hospital.

–¿Preparada para que nos sentemos un rato? –sugirió Pietro.

–Genial. Gracias.

Las mujeres que había en la terraza de la cafetería se giraron hacia ellos para mirar a Pietro, pero él parecía ajeno a su atención, concentrado solo en ella. Sus cuidados resultaban tentadores, del mismo modo que su físico y las escasas sonrisas que le dedicaba le hacían hervir la sangre.

–Gracias, Pietro –le dijo. Tardaría tiempo en perdonarle la mentira sobre su matrimonio, pero aquel día había sido un buen comienzo.

–¿Gracias por qué?

–Por todo –ella sonrió–. Por el día de hoy. Sé que has tenido que retrasar cosas de trabajo por estar aquí.

Le había oído decirlo por teléfono.

–Hay cosas más importantes que el trabajo, Molly.

–Te lo agradezco. Me imagino que hacer de guía turístico no entra dentro de lo que sueles hacer.

Pietro se quitó las gafas de sol y le dedicó una mirada que la sofocó.

–Es tu primera vez en Roma, y es lógico que quieras ver algunos de los enclaves más famosos. Compartir tu entusiasmo ha sido un placer, así que soy yo quien te da las gracias.

Y, cuando esbozó una leve sonrisa, el estómago de ella se lanzó en caída libre.

Ahí quedaban sus intenciones de tomarse las cosas con calma y no dejarse arrastrar por la atracción. Se obligó a apartar la mirada y contempló a la gente que abarrotaba la *piazza*.

–¿Qué quieres tomar?

–Ah… pues café, no –no se había dado cuenta de que había llegado el camarero. La tarde iba ya pasando y algunos clientes tomaban cerveza o vino, pero ella quería evitar el alcohol–. Un refresco con mucho hielo, por favor.

Pietro pidió.

–Me alegro de que te haya gustado el Panteón.

–Ya lo creo. Es tan maravilloso como me esperaba –dijo ella, y se volvió a mirar la construcción que quedaba al otro lado de la plaza–. Entrar en un edificio de la antigua Roma ha sido increíble. ¡Y con un agujero en el techo! –movió la cabeza–. Había leído sobre ello y me preguntaba qué pasaría cuando lloviera, pero no sabía que había un drenaje que desaguaba la lluvia. ¡Qué tonta! Pero no ha sido lo que yo me esperaba.

–¿Y qué te esperabas?

–Algo más pequeño. Cuando he pasado entre esas dos enormes columnas de la entrada, me he sentido totalmente insignificante. No tenemos edificios tan antiguos en Australia. El más antiguo en el que yo he estado se llama Cadman Cottage, en Sídney. Y es de principios del siglo XIX.

–¿Cuándo has leído sobre el Panteón? ¿En el apartamento?

–No, yo…

Molly abrió los ojos de par en par y Pietro asintió.

–Eso me imaginaba. No ha sido en los últimos días, ¿verdad? Has recordado algo que ocurrió antes de venir a Italia o, al menos, antes de llegar a Roma.

–Antes del accidente –susurró Molly.

Recordaba un libro, una especie de guía de viaje con una foto del interior del Panteón a doble página. Se vio a sí misma pasando las hojas, viendo el Coliseo, la Plaza de España, las galerías de arte, las *piazzas* y los cielos de un azul brillante.

–Es un recuerdo –dijo, asustada y entusiasmada al mismo tiempo–. Pensé que recordaría antes las cosas importantes, como tú o mi familia.

–Ya llevas más de uno –le recordó Pietro, cauto. Debía de ser para él como caminar sobre cáscaras de huevo, sin saber nunca cómo iba a reaccionar.

–¿Te refieres a lo de la jardinería? Dos cosas en dos días.

–Tres. Acabas de mencionar un sitio que visitaste en Australia, en Sídney.

Molly miró a Pietro a los ojos. Tenía razón. Era otro recuerdo.

Se imaginó a sí misma caminando por Circular

Quay hasta la casita de piedra. Podía sentir la brisa del puerto refrescándole el cuello mientras conducía a un grupo de niños hasta la casa. Al lado iba otra profesora de más edad que le dedicó una sonrisa mientras contaba a los polluelos.

Alguien prometió unos helados más tarde, y hubo un quejido cuando la pequeña Sally Paynton se cayó y se raspó la rodilla.

Intentó aferrarse a aquella imagen, a la claridad de aquel momento, pero se decoloró rápidamente y se disolvió por completo.

Parpadeó varias veces y miró a Pietro, que la contemplaba con preocupación. Algo rozó su mano, y se dio cuenta de que era el pulgar de él acariciándole la muñeca.

Se sintió como un buzo que volviera a la superficie desorientado. Pero Pietro no la apremió con preguntas, sino que esperó pacientemente y con expresión implacable, como si se estuviera preparando para combatir a algún demonio en su nombre.

¿Qué recuerdos preocupantes temería que aflorasen?

–Tienes razón. Recuerdo haber visitado la casa con un grupo del colegio. Hacía calor, los niños estaban cansados y uno de ellos se cayó –hizo una pausa–. Incluso recuerdo su nombre. ¡Sally Paynton!

–*Brava, tesoro!* Tu memoria vuelve a funcionar. Debe de ser un alivio para ti.

No se imaginaba hasta qué punto.

–Empezaba a temer no recuperarla nunca.

El miedo era tan profundo que mencionarlo era como tentar a la suerte.

Pietro apretó su mano para imbuirle calor y tranquilidad.

–Ahora ya sabes que te equivocabas.

–Tienes razón. Puede que no lo recupere todo, pero estoy segura de que el proceso está en marcha.

El camarero volvió con una bandeja en la que llevaba un refresco para ella y una copa de vino para él, además de un plato de pan y *antipasto*.

Pietro alzó su copa en un brindis.

–Por ti, Molly. Y por nuestro futuro juntos.

Esperó a que la duda la asaltara, pero solo tuvo la sensación de que todo estaba bien. Era como si su cuerpo reconociera y aceptara a Pietro mientras su mente lo seguía con esfuerzo. ¿Sería una locura intentar resistirse a él?

–Por el futuro –dijo al final, aunque en silencio añadió que quería que ese futuro fuera de ambos.

–¡Pietro!

Una mujer joven, delgada y vibrante, con unos vaqueros ajustados y un top de color brillante, salió de entre la gente, abrazó a Pietro tras besarlo en ambas mejillas y comenzó a charlar con él en italiano.

Molly intentó soltarse de la mano de Pietro, pero él se lo impidió. Estaba claro que ambos eran íntimos, y experimentó una extraña sensación en el estómago al ver cómo aquella desconocida intentaba monopolizarlo.

No podían ser celos. Seguro que era por tomarse una bebida helada en un día caluroso… pero es que no había tomado ni un sorbo aún.

–Chiara, habla en inglés. Molly no habla italiano –dijo Pietro mientras ella le daba vueltas a aquel pensamiento–. Molly, te presento a mi prima Chiara.

–¿Tu prima?

Qué alivio. A pesar de lo que había dicho sobre que debían tomarse las cosas con calma, la idea de que Pietro pudiera ser íntimo de otra mujer le había producido náuseas.

–Molly… ¿eres amiga de Pietro?

Chiara miró a la mesa, donde sus manos seguían unidas, y por un momento sus ojos se abrieron de par en par. A continuación, ocupó una silla y se acercó a ellos.

–Estoy encantada de conocerte, Molly. Y deseando saberlo todo de Pietro y tú. Hasta el último detalle de vuestra…

–*Adesso basta* –intervino Pietro–. Molly no está aquí para entretenerte.

Y apretó su mano.

Molly tenía la sensación de que normalmente peleaba sus propias batallas, y que no necesitaba que un hombre la protegiera, pero encontrándose aún como una extraterrestre en la tierra, resultaba reconfortante que él estuviera de su lado.

–Me alegro de conocerte, Chiara –contestó con una sonrisa. Parecía solo unos años menor que ella–. No sé nada de la familia de Pietro.

–¿Ah, no? ¿No te ha hablado de su prima favorita?

Y fingió expresión de desmayo.

–¿Primo favorito? –dijo él–. ¿Te refieres a tu hermano? –bromeó.

Chiara pestañeó con tanta exageración que Molly sofocó las ganas de reírse.

–Me refiero a mí, tu prima querida.

–¡Ah! ¿Te refieres a la que no deja de hablar ni un segundo? ¿La que solo sabe dar la lata?

—A los hombres les gusta que les presten atención. Es un hecho.

Los ojos de Chiara bailaban.

—¿Ah, sí? ¿Y yo tenía que disfrutar de que no dejases de darme la tabarra con que te prestara el coche nuevo?

La sonrisa de Chiara se transformó en un mohín.

—¡No me digas que sigues con eso! —se volvió a Molly—. No fue más que un diminuto arañazo.

—¿Diminuto?

¿Serían así las cosas entre Jillian y ella?, se preguntó Molly. Era divertido ver el afecto que había entre los dos primos. Confirmaba la impresión que tenía de que era un hombre auténtico. Un hombre en el que se podía confiar.

Todo eso de que le ocultaba algo, tenía que ser pura maquinación de su imaginación. Estaba leyendo demasiado en su cautela.

—¿Molly?

—Perdona, ¿qué decías?

—Que de dónde eres. Tu acento no me parece estadounidense.

—Soy australiana. De la costa este, al norte de Sídney.

—¿Hace mucho que conoces a Pietro?

—Unos meses. Pero esta es mi primera vez en Roma.

—Entonces, os conocisteis en la Toscana. ¿Y tienes…?

—El día ha sido muy cansado, Chiara. Queremos relajarnos, y no contestar a un montón de preguntas.

La voz de Pietro sonó firme, pero Chiara no se dejó amedrentar.

–Entonces quedamos para cuando estés descansada, Molly. Puedo enseñarte algunos de los sitios de moda. Te llamo si me das tu número.

–Puedes llamarla a mi casa –dijo Pietro.

Los ojos de Chiara se abrieron de par en par.

–¡Genial! –se recompuso–. Te llamo, ¿vale? Podemos salir juntas un día. Me encantaría.

–A mí también.

Le gustaba su personalidad burbujeante, y el hecho de que fuera obvio que quería a Pietro. Además, estaría bien conocer a otra persona.

–Excelente. Te llamaré –Chiara miró el reloj y se levantó–. Tengo que irme. Llego tarde.

–Ha sido un placer conocerte.

–También para mí, Molly.

Y tras abrazar a su primo, desapareció entre la gente que paseaba por la plaza.

–Es encantadora –dijo Molly, contemplando cómo sus manos seguían entrelazadas sobre la mesa–. Parecía sorprendida de que viviese contigo –comentó, intentando que no pareciese una pregunta.

Pietro tomó un sorbo de vino y se encogió de hombros.

–Ninguna de mis parejas ha vivido conmigo.

–¿Nunca?

–No. Hasta que apareciste tú. Me gusta mucho mi intimidad –su mirada se clavó en sus ojos y Molly sintió una quemazón bajo la piel–. Es obvio que se ha dado cuenta de que eres especial.

«Especial». Eso podía asimilarlo, sobre todo porque él la miraba como si fuera su última fantasía. Había intentado ser razonable y tomarse las cosas con calma, pero aquel día, viéndolo a él con su prima, escuchando sus bromas, sintiendo su protección y el amor por su familia, las barreras que había erigido se habían derrumbado.

La idea de ser la amante de Pietro e incluso su prometida, ya no lo resultaba amedrentadora, sino atractiva. Excitante.

Un estremecimiento le recorrió la espalda, en aquella ocasión no de incertidumbre, sino de deseo. De deseo puro y sin adulterar.

Capítulo 8

PIETRO estaba en un punto de inflexión. Pretendía seducir a Molly despacio para que no se sintiera presionada o acorralada, y lo había logrado durante cinco días desde que le dieran el alta en el hospital, pero ahora se preguntaba si encontraría la paciencia que necesitaba.

Quería que se volviera a él con tantas ganas como en la Toscana. Pero, a pesar de su respuesta cuando la besaba, seguía necesitando tiempo.

No se había puesto su anillo aún, de modo que no podía estar seguro. Tenía que seguir extremando la cautela.

Se le encogió el estómago al pasarle el brazo por la cintura para guiarla fuera del restaurante. Era una pura tortura poder tocarla y, al mismo tiempo, reprimir la necesidad primitiva que sentía de tocarla del modo que anhelaba hacerlo.

Tenerla desnuda debajo de él. Gimiendo su nombre mientras la tomaba.

–Pietro, ¿va todo bien? –le preguntó ella–. Pareces tenso.

La miró, pero sin dejarse arrastrar por aquellos labios carnosos, ni por aquellos ojos gatunos que brillaban más azules que grises aquella noche, reflejando el color de su vestido.

Había florecido al disminuir su tensión. El examen médico al que la habían sometido aquella misma mañana había confirmado que tanto ella como el bebé estaban perfectamente. Aquella noche había estado encantadora y animada, demasiado sexy con aquel vestido que revelaba unos brazos bien tonificados y un escote que se perdía en las sombras.

–Todo va bien. He disfrutado de esta velada. ¿Y tú?

Molly se lo quedó mirando antes de contestar. Estaba intentando averiguar su estado de ánimo. A continuación, sonrió.

–¡Ha sido maravillosa! La comida fantástica, y el restaurante me ha encantado. Al principio pensé que iba a ser un poco…

–¿Un poco qué?

–No sé. Es tan elegante, tiene tanta clase que… pensé que me sentiría fuera de sitio, pero el personal ha sido encantador. Lo he pasado maravillosamente, gracias.

Sus palabras venían a reforzar lo que él ya sabía. A diferencia de Elizabetta, Molly ni esperaba ni demandaba los lujos y atenciones que el dinero podía comprar.

–Me alegro de que hayas disfrutado. Es uno de mis sitios favoritos.

No añadió que también era dueño de parte, y que de ahí que hubieran podido disfrutar de una mesa cerca de un coqueto patio interior, lejos de los objetivos de los paparazzi.

La ayudó a subir a la limusina que les esperaba, obligándose a mirar hacia otro lado cuando el vestido se subió y dejó al descubierto un muslo blanco y delgado.

Su vientre se tensó y tuvo sensación de ahogo. Iba contra natura ahogar sus impulsos sexuales cuando Molly había sido una amante tan apasionada, y sabiendo que volvería a serlo. Él estaba acostumbrado a controlar sus impulsos, pero en el mundo de los negocios. En cuanto al sexo...

Por el rabillo del ojo, Molly observó a Pietro. ¿Qué le estaría cargando con tanta tensión?

No era la primera vez. La noche anterior también había ocurrido.

Estaban en la terraza del ático y ella dijo que necesitaba irse ya a dormir. No era cierto. Lo que pasaba es que estaba demasiado alerta y consciente de él. Pero la alternativa estaba entre irse a su habitación o ceder a la necesidad de tocar a Pietro, que era lo que llevaba días deseando. Era lo que había soñado en aquellos sueños eróticos que podían ser pura imaginación, pero que a ella le habían parecido tan reales que había llegado a plantearse si no serían pequeños retazos de memoria.

Y ahora estaba ocurriendo de nuevo. En el restaurante había sido un compañero maravilloso, divertido y atento, igual que cuando habían ido a ver Roma. Pero ahora...

Se movió inquieta en el asiento y le vio mirar el largo de su falda. A la luz que se colaba de las farolas de la calle, le vio apretar los dientes y el puño. Irradiaba tensión.

–Gracias por una noche maravillosa –le dijo en voz baja.

¿Qué había ido mal? ¿Era por algo que había hecho ella?

–El placer ha sido mío, Molly.

Se volvió y sonrió, pero aun a aquella escasa luz, ella se dio cuenta de que la sonrisa no le había iluminado los ojos. Se inclinó hacia delante para decirle algo al chófer y el coche aceleró.

Su estado de ánimo se resintió. Con cada día que pasaba se iba sintiendo más relajada, casi normal. Había encontrado una confianza creciente, a pesar del miedo secreto que sentía de que su memoria no volviese jamás. El bebé y ella estaban sanos, y el entusiasmo de Pietro por el niño era prueba de que estaba contento porque iba a ser padre.

Esa última reflexión erradicó los últimos restos de desconfianza. No podía recordar su relación, cierto, pero estaba claro que habían sido amantes. Seguía deseándolo. ¿Habría salido algo mal en su relación? ¿O sería que quizás la atracción era unilateral? Frunció el ceño. No podía ser. Cuando se besaron, él parecía estar tan necesitado como ella. ¿O no?

Tenía que averiguarlo. Tender un puente que salvara el abismo que había entre ambos.

Esperó a que estuvieran de vuelta en el apartamento. Menos mal que el ama de llaves no vivía allí. Quería tener intimidad para aquella conversación.

–Tenemos que hablar –dijo, y su voz sonó muy alta en el silencio.

Pietro se volvió frunciendo el ceño.

—Claro. Pero mejor mañana, ¿te parece? He de ocuparme de unos asuntos de trabajo.

Había desatendido sus asuntos por cuidarla, así que quizás debería esperar hasta el día siguiente... pero no. Eso era pura cobardía. Tenía miedo de lo que pudiera descubrir.

—No va a ser muy largo.

Se cruzó de brazos para disimular el temblor de las manos y entró en el salón, y su elegancia impecable pareció preguntarle ¿y tú, quién te crees que eres para demandar algo aquí?

Se dio la vuelta y se sorprendió al ver que Pietro estaba justo a su espalda. Era injusto, pero que estuviera tan cerca la impacientó. Estaba cansada de parecer una enferma.

—¿Qué ocurre, Molly? Pareces alterada.

—Estoy confusa.

Pietro respiró hondo y se metió las manos en los bolsillos del pantalón.

—Adelante.

No sonrió, ni intentó acercarse más a ella, y por un segundo la valentía de Molly flaqueó. Pero tenía que hacerlo.

—¿Qué va mal entre nosotros?

—¿A qué te refieres?

—Eres comprensivo y solidario. Sexy y fuerte, y tengo la sensación de que estamos conectados, pero, de repente, te alejas de mí por completo, como has hecho esta noche en el restaurante. Como si no quisieras tener nada que ver conmigo. Como si prefirieras estar en cualquier otra parte.

Un temblor en la barbilla la traicionó en las últimas palabras y respiró hondo una vez, y otra, consciente de que el corazón le latía demasiado deprisa. Consciente de que se lo había dicho todo menos que lo deseaba.

La expresión de Pietro permaneció congelada, lo que acentuó la línea orgullosa de su mentón y aquellos ojos de mirada penetrante y aguda.

Entonces la sorpresa fue mayúscula, porque inesperadamente se echó a reír a carcajadas.

–¿Es esta tu forma de decirme que me deseas?

Su voz sonó áspera como papel de lija y su nuca, sus pechos y su vientre se estremecieron.

Sorprendida por su propia reacción, Molly permaneció inmóvil, contemplando a un hombre que con su mirada y su forma de erguirse la hacía sentirse como un animalillo que contemplara a un depredador.

Aquello era absurdo. Pietro no la asustaba, sino que lo deseaba, pero tenía la sensación de que el cuidadoso equilibrio de su relación había cambiado. Que ahora se sustentaba al borde del peligro.

Pietro sacó despacio las manos de los bolsillos. Era un gesto mundano, ejecutado numerosas veces todos los días, pero había algo deliberado en aquel movimiento. Molly se centró en aquellas manos grandes y bien formadas. En su fuerza innata.

Un calor intenso se apoderó de la cara interior de sus muslos, sus músculos internos se tensaron primero y se relajaron después en una señal de preparación femenina tan clara que le sorprendió.

Pietro se acercó a ella y Molly tragó saliva.

–Solo necesito saber qué está pasando.

–Lo que está pasando es que he tenido que hacer un esfuerzo de mil demonios para no tocarte. Para darte espacio y que pudieras sentirte cómoda conmigo.

Estaba delante de ella, tan alto que tenía que ladear la cabeza para sostenerle la mirada.

–¿En serio? –entonces, ¿no había ningún horrible y oscuro secreto?–. ¿Eso es todo?

–¿Todo? ¿No es ya bastante? No tienes ni idea…

Sus palabras pasaron a ser un fluido de sílabas líquidas que reconoció como italiano. Se formaban en su lengua y los unía a ambos componiendo un lazo de terciopelo que bailaba a su alrededor, tentándola, acariciándola, animándola, hundiéndose en su abdomen, atando sus caderas, rozando sus pezones.

Sintió que se mareaba un poco. Entonces él levantó una mano y le sujetó la mejilla y la barbilla con ella.

–Te deseo, Molly –su voz no solo le llegó a los oídos, sino también a un punto del vientre–. Te he echado de menos. Tenía miedo de no ser capaz de encontrarte.

Molly le puso un dedo sobre los labios para pedirle silencio. Acababa de darse cuenta de que había estado tan centrada en lamentar su pérdida de memoria que había pensado poco en la angustia que Pietro debía de haber soportado y que reconoció en el tono doliente de su voz.

–Pero me encontraste –por fin había logrado que compartiese más detalles con ella sobre cómo su personal y él habían revuelto el país entero buscándola–.

No voy a ir a ninguna parte –dijo, aferrándose a sus hombros para disfrutar de su fuerza.

–No, no vas a ir a ninguna parte –corroboró él, deslizando la mano hacia arriba por su costado–. Nunca volveré a dejar que te marches, Molly. Eres mía.

Le sonó a promesa. Una promesa que sintió con todos los átomos de su ser y de la que no dudó ni un segundo.

Siempre había querido pertenecer a algún lugar, ¿no? Siempre había querido certeza, y allí la tenía. Más fuerte, más sobrecogedora de lo que creía posible.

–No –susurró–. No me dejes ir –le pidió, mirándolo a los ojos.

Sabía que era capaz de cuidarse sola, que era independiente y capaz, a pesar de la amnesia, pero sentirse amada de aquel modo… ser vital para alguien, y sentir a su vez la necesidad de retenerlo. ¿Podía haber cosa más hermosa en el mundo?

–Hazme el amor, Pietro. Por favor.

Su respuesta fue instantánea. Un gruñido feroz de placer que le puso los pelos de punta.

–Me he contenido porque necesitabas tiempo –el resplandor de sus ojos la tenía hechizada. O quizás fuera su voz–, pero ahora…

Fue como si se hubiera accionado un interruptor. Pasó de una inmovilidad absoluta al movimiento. Con un brazo la apretó contra su cuerpo, tanto que apenas rozaba el suelo con los pies, y esa demostración de fuerza le hizo sentirse muy femenina, mientras con la otra mano deshacía el moño que se había hecho para la cena antes de besarla con una pasión que la dejó aturdida.

Su sabor era adictivo, como una miel espesa bautizada con whisky que ella lamió con fruición, fundiendo su boca con la de él, deseándolo de un modo que no creía posible. Cada contacto, cada sabor, cada sonido amortiguado de placer hacía que la necesidad creciera y creciera, como si los días que habían pasado juntos los hubieran vuelto adictos el uno al otro.

Aquello no era solo un beso, sino el preludio de mucho más. Todo su ser se preparó para él, encendiendo un fuego que la envolvió toda.

Estaba sintiendo el peso sólido de su erección contra el vientre y cambió de postura, intentando aferrarse a él para dar salida a la necesidad que sentía en el vientre, y él la empujó por la nalga para hacerla subir.

Molly abrió las piernas y la sensación de tener su erección entre sus muslos fue perfecta. O tan perfecta como era posible estando aún los dos completamente vestidos.

¿Le habría leído el pensamiento? Notó movimiento, pasos, pero no abrió los ojos. Un instante después, tenía unos mullidos cojines en la espalda y el peso de Pietro sobre su cuerpo.

Molly abrió los ojos. Sobre ella vio el techo en sombras del salón y el rostro de Pietro, y él fue acariciando su pecho con una mano hasta que acabó cubriéndolo todo y Molly arqueó la espalda, conteniendo el aliento. Aquello era perfecto.

Pero frunció el ceño de pronto. Estaban en uno de los largos sofás del salón y ella sabía, con una certeza que desafiaba a su pérdida de memoria, que no iba a tardar mucho en arder en llamas. Él, completamente conectado a sus pensamientos, la miró a los ojos y sonrió de medio lado.

–Lo siento, *tesoro*. El dormitorio queda demasiado lejos.

Y se colocó entre sus piernas. Bastó con ese movimiento para que la excitación palpitase por su cuerpo. O quizás fuera el contacto de sus manos en las piernas desnudas, subiendo y subiendo la falda del vestido.

En lugar de cubrirse, Molly se sintió más excitada el ver cómo la devoraba con los ojos. Le gustaba que la desnudase, pensó al oír el sonido del encaje al rasgarse. No le gustaba, lo adoraba.

Se estremeció cuando él la tocó allí, entre los pliegues húmedos.

–Pietro…

Fue un suspiro, un ruego ahogado por el trueno del pulso que martillaba en sus oídos.

Su palma subió hasta el vientre, abarcando el punto donde su hijo estaba cobijado, y la miró a los ojos. Algo se fundió entre los dos, algo tan profundo que no tenía palabras para describirlo. Era la conciencia de que el lazo que se había formado entre ellos era primitivo e irrompible.

Pietro se desabrochó el cinturón, deslizó la cremallera y se bajó los pantalones. Vagamente, Molly registró que ambos seguían vestidos, más o menos. Ella continuaba llevando los zapatos de tacón de aguja que podían desgarrar el material del sofá.

Entonces vio su erección, y cualquier pensamiento se desintegró. La boca se le quedó seca, pero no de temor, sino de ansias. Lo habría tocado con la mano, pero no había tiempo.

Pietro la cubrió con su cuerpo y, después de mirarla un instante a los ojos, la penetró con un movimiento lento y firme. Molly sintió que los músculos se le estiraban, y que un calor imposible la invadía. Aquel poder suave que entraba inexorablemente cada vez más y más dentro no se parecía en nada a cuanto había conocido.

Las facciones de Pietro parecían distintas, más duras, y su aliento más caliente. Molly inhaló aquel olor a hombre y su sabor salado.

—Dobla las piernas.

Ese susurro áspero no parecía haber salido de sus labios, pero sintió que le subía una pierna a la altura de sus caderas, y ella hizo lo mismo con la otra, atrapada entre Pietro y el respaldo del sofá. Se hundió aún más en ella, tanto que lo sintió en el centro de su ser. El pulso entre sus piernas se aceleró y alzó las caderas hacia él, con lo que la fricción creció, agarrada todavía a sus hombros, sintiendo cómo sus músculos se movían bajo la camisa.

Salió, entró de nuevo, y ella se mordió los labios para contener un gemido. Estaba siendo tan perfecto que le parecía imposible. Volvió a retirarse y en aquella ocasión, introdujo la mano entre ambos para acariciarla con el pulgar, presionando mientras volvía a llenarla.

Molly alcanzó a ver el brillo de triunfo en sus ojos antes de explotar en una nube de estrellas doradas que le nublaron la visión. Se arqueó hacia él mientras se prolongaba aquel momento de éxtasis en el que no existía nada que no fuera la pura emoción de sentirse unidos.

Y así continuó hasta que Pietro alcanzó también el clímax, arrastrándola de nuevo con él, viéndolo con la cabeza echada hacia atrás, la boca entreabierta, estremeciéndose con la fuerza de un orgasmo que ella sintió en el centro de su ser.

Capítulo 9

VARIAS horas después, Pietro se despertó en la oscuridad. ¿Qué iba mal? No, nada iba mal. Es que el entorno le resultaba desconocido. La respuesta no tardó en llegarle.

Molly. Desparramada sobre la cama y sobre él. Su pelo haciéndole cosquillas en el pecho. Su respiración liviana que no debería resultarle excitante, pero que por alguna razón sí lo era. O quizás fuese porque su mano a punto estaba de rozarle el pene.

La excitación era inevitable. Así se había despertado.

En realidad, llevaba despertándose excitado desde que Molly había salido del hospital y se había instalado en su casa.

Lánguidamente, controlando la urgencia que lo quemaba, acarició su pelo y deslizó la mano hasta su cadera, a lo que ella se arqueó como un gato y murmuró algo sin despertarse.

Sonrió. Podría acostumbrarse a aquello.

No había vuelto a dormir con una mujer desde Elizabetta. Sexo sí que había tenido, pero a nadie había invitado a quedarse toda la noche.

La duplicidad de su esposa había proyectado una larga sombra sobre su vida. Con ella había dejado que otras emociones se mezclasen con la pasión de que am-

bos disfrutaban, y no se había planteado nada más
hasta que ella le dijo que se había quedado embarazada. La recordaba ilusionada e insegura. Él, excitado. No había planeado tener hijos con ella, pero era
exactamente lo que deseaba: una familia propia a la
que cuidar y querer, con la que hacerse mayor.

Que le diera sentido a su vida.

A pesar de que sus tíos habían hecho cuanto habían
podido por él al quedarse huérfano, nunca había dejado
de echar de menos a la familia que le habían arran-
cado de su lado. Su madre, con su sonrisa y su dulzura.
Su padre, que siempre tenía tiempo para él a pesar de la
exigencia del negocio familiar. Incluso su hermana
pequeña, un fastidio en los primeros años, pero que
había empezado a ser una persona que le gustaba.

Sus tíos habían tenido que vérselas con un mucha-
cho que se había vuelto de pronto malhumorado y
destructivo y al que habían terminado por enviar a un
internado por ver si allí tenían más mano con él.
Aquel tiempo lejos había provocado una falta de intimidad real con ellos, aunque lograron su objetivo.

Molly se movió y su excitación creció.

No debía despertarla. Necesitaba dormir. Apenas
lo habían hecho aquella noche. Si alguna barrera había existido entre ellos, había sido derribada.

«Porque cree que la quieres. Se ha creído el cuadro
romántico que le has pintado. Te ve como su salvador,
el que ha peinado el país por ella, rescatándola del hospital, ofreciéndole seguridad y una identidad. Amor».

Sintió una punzada en la garganta. ¿La conciencia?
No. Le estaba dando exactamente lo que ella quería, a
diferencia del tiempo que habían compartido en la Tos-

cana, en el que no se había hablado en ningún momento de amor ni de una relación a largo plazo, hasta que ella se presentó la última noche con la bomba de que estaba embarazada. Pero ahora Molly creía en él, en ellos. Aquella noche se había entregado a él por completo, con una generosidad que había transformado un sexo espectacular en algo casi trascendente.

El pecho se le contrajo como si un peso le aplastara los pulmones. Era el peso de las expectativas de Molly, de su felicidad. Él estaba acostumbrado, como empresario que era dueño de un conglomerado que daba trabajo a miles de personas, al peso de la responsabilidad, pero aquello era distinto. Monumental. Algo muy parecido al terror le corrió por las venas hasta que la razón llegó a rescatarlo.

Las cosas no podían ir mejor. Tenía exactamente lo que quería, y Molly también lo tendría. El único problema podía llegar si recuperaba la memoria, pero para ese caso ya había desarrollado una estrategia. Molly era una mujer cariñosa y apasionada, y pretendía satisfacerla en ambos planos de modo que, para cuando llegase el momento en que pudiera recordar el pasado, no pudiera ya imaginarse la vida sin él. Le aseguraría que tenían futuro juntos, que iban a formar la familia que ella deseaba. Todo saldría bien.

Llevó la mano a su cintura y ella volvió a moverse, deslizándose pegada a su cuerpo. Debería dejarla dormir, pero, por otro lado, el modo tan sensual de acoplarse a él revelaba una naturaleza carnal que se parecía a la suya.

Además, ¿no debería aprovechar todas las oportunidades que se le presentaran para que se uniera más a él? ¿Quién podía saber cuándo iba a recuperar la memoria?

Desde la clavícula fue recorriendo la línea de su cuerpo, y sonrió cuando ella, con un suspiro, se giró un poco y dejó a su alcance un sonrosado pezón. Despacio fue trazando un círculo alrededor, sintiendo sus leves estremecimientos a medida que la caricia describía un círculo cada vez más pequeño. Su respiración se volvió entrecortada. A la escasa luz de la alcoba creyó ver que se movían sus párpados, pero eso fue todo.

Fue bajando por sus costillas hasta llegar a su ombligo y suavemente la empujó hasta dejarla boca arriba. Entonces, con la boca, fue descendiendo por su cuerpo, trazando un reguero de círculos por su piel.

–Umm… me gusta –susurró ella.

Pietro sonrió y se colocó entre sus muslos, que le apretaron la cara cuando hundió la lengua en su ombligo.

Molly contuvo el aliento, y al mirarla descubrió que lo observaba con los ojos entrecerrados. Sonrió de nuevo y levantó la cabeza.

–No pares.

Si antes ya estaba excitado, el lujo de tener su cuerpo a su merced espoleó su necesidad, pero no quiso correr. Pretendía ser el amante romántico que Molly esperaba que fuese. Una gratificación aplazada podía ser una forma de tortura, pero también la recompensa resultaba, así, espectacular.

Deslizó una mano por su vientre. Allí, justo ante sus ojos, estaba el lugar donde crecía su bebé. Un día podría poner la mano en aquel mismo punto y lo sentiría moverse.

Su hijo. El comienzo de su nueva familia.

–¿Estás contento con el bebé?

Molly lo observaba atentamente.

–No lo dudes ni un instante. Es una noticia maravillosa.

Qué sencillo era cuando la verdad coincidía con lo que ella quería oír.

Ella le acarició la mejilla y él le mordió un dedo antes de metérselo en la boca.

El calor creció al mismo ritmo que sus temblores. Se había incorporado ligeramente para mirarlo, apoyada en un codo, y la intensidad de su mirada confirmaba lo que su cuerpo le decía.

El triángulo de vello rubio oscuro que protegía su sexo resultaba suave y tentador, su carne allí estaba húmeda y Molly gimió cuando aplicó allí su boca, lamiéndola, haciéndola temblar.

Ella se aferró a su pelo y a continuación lo soltó, casi como si no supiera qué hacer con las manos, y Pietro asió una para lamerle la palma y llegar hasta la muñeca, donde sintió cómo el pulso le latía con fuerza. Su satisfacción fue tremenda.

Volvió a lamerla entre los muslos y tuvo que sujetarla para que no se moviera. La respiración se le había acelerado y el gemido que se escapó de sus labios lo llevó al borde de la necesidad. Estaba donde quería estar, pero necesitaba sentirse dentro de aquella lujuriosa feminidad, hundiéndose en ella hasta que los cielos se abrieran y el mundo colapsara.

Era el momento. La mordió con suavidad, sintió su reacción y succionó con fuerza.

El grito de triunfo de Molly atravesó la noche.

Poco después, Pietro se arrodillaba ante ella para apartarle el pelo de la cara y ver cómo la marea oscura del éxtasis le teñía la cara. Molly abrió la boca como para decir algo, pero no emitió ningún sonido. Se limitó a aferrarse a sus hombros y él la penetró.

Terciopelo oscuro y mojado. Miel y calor. Una honda bienvenida. Su orgasmo se intensificó, tensos sus músculos.

—Sí —susurró Molly—. Ahora.

Y levantó las piernas para entrelazarlas en su cintura y empujarlo hacia ella.

Con la segunda embestida lo recibió en la cumbre. Pietro no había conocido nada tan exquisito como la sensación de Molly abandonándose a él. Intentó ir despacio, prolongar aquel momento, pero fue imposible. Con un ronco gemido la siguió, lanzándose a aquel fuego abrasador, perdiendo el sentido de todo excepto de Molly. Molly, que incluso en la cumbre del orgasmo se aferraba a él como si no quisiera soltarlo nunca.

El sexo con Molly era increíble, se dijo más tarde, derrumbado junto a ella. Peligrosamente increíble. Mejor de lo que lo recordaba. Era tentador atribuirle un significado más elevado, pero no. Lo que habían compartido era solo eso. Habían sido amantes durante meses, así que sus cuerpos estaban sincronizados, y además estaba la euforia añadida de saber que estaba embarazada de él. Juntos construirían la familia que llevaba tanto tiempo esperando.

Eso era todo. Nada más. Todo estaba tal y como él lo quería, o aún mejor. Lo tenía todo controlado.

Capítulo 10

UNA SEMANA más tarde, Molly dejaba las bolsas que llevaba sobre uno de los sillones blancos y sacaba el cojín que le había llamado la atención en una tienda.

Era una tontería entusiasmarse tanto con algo así, pero no pudo evitar sentir satisfacción al colocarlo junto a los blancos y azulados que ya estaban allí.

Dio un paso atrás y contempló el efecto. Su color bronce contrastaba a la perfección con los verdes que había comprado la semana anterior, y juntos… se volvió a mirar con los brazos en jarras. Sí, la combinación era perfecta en aquel elegante salón. Añadía calor al esquema original en blanco y marfil que parecía sacado de una revista de decoración, pero que resultaba demasiado formal para vivir en él.

Contempló la manta y el jarrón con margaritas que adornaba una mesita junto a la ventana. Era lo primero que había comprado, y se había sentido muy nerviosa a la hora de ponerlo en aquella habitación.

–Puedes poner lo que quieras. Es tu casa también –le había dicho Pietro mientras la abrazaba. Se había sentido en la obligación de pedirle permiso.

Sentada en uno de los sillones abrazada a un cojín, sonrió. A pesar de su recalcitrante memoria, era feliz.

Pietro era maravilloso. Ardiente, fuerte pero tierno. Increíblemente considerado y, debajo de su aire mundano, intensamente masculino.

Se recostó sintiéndose como un gato que se hubiera bebido un cuenco de leche y, distraída, examinó los cambios que había aportado. La estancia parecía más cómoda, un lugar donde relajarse, un hogar.

Una punzada de inquietud la atravesó, pero se obligó a no pensar en ello. No podía dejarse llevar por el miedo cada vez que pensaba en lo poco que había avanzado con su memoria.

Su cabeza se negaba a recuperar algo más que pequeños recortes de pasado, y nunca importantes. Rostros de niños en un aula. Una playa de arena con el olor del mar. Montando una bici cuesta abajo, el viento en la cara, intentando alcanzar a otra niña de unos doce o trece años. ¿Su hermana? ¿Una amiga?

Respiró hondo. Menos mal que lo poco que recordaba parecía indicar que había tenido una vida feliz, un trabajo que le encantaba y una niñez despreocupada. Tendría que conformarse por el momento. Además, se dijo llevándose una mano a la tripa, Pietro y ella estaban creando ya sus propios recuerdos, ¿no?

–¡Hola, *signora!* Está usted en casa. No la he oído llegar.

El ama de llaves le hablaba desde la puerta.

–Hola, Marta. Acabo de llegar. Estaba contemplando mis adquisiciones –hizo un gesto señalando los cojines–. Espero que le gusten a Pietro.

Marta sonrió.

–Si lo ha comprado usted, le encantarán. Nunca lo había visto tan… –no terminó la frase y movió la cabeza.

Molly hubiera querido preguntarle, pero Marta continuó enseguida–. Me gusta lo que está haciendo con esta habitación. Resulta más cálida ahora, más acogedora.

–Me alegro mucho de que le parezca así –contestó. Era la primera vez que Marta, siempre devota de Pietro, expresaba una opinión así, y se sintió bien. Se sentía rara gastándose el dinero que Pietro le había transferido a una cuenta, y cambiando lo que había sido hasta entonces su casa.

Bajó la mirada y contempló el anillo que se había puesto aquella mañana por primera vez, aquel fuego verde y rojo en las profundidades azules del ópalo, y se sintió reconfortada.

Después de semanas angustiada entre la duda y el deleite, había decidido por fin seguir adelante con su vida. No podía permanecer más tiempo en el limbo, temerosa de comprometerse porque su memoria tardase en volver. ¿Y si nunca lo hacía? En lugar de dejarse vencer por el miedo, había tomado la decisión de confiar en su instinto y en sus sentimientos hacia Pietro. Cuando llegase a casa…

–Han traído un paquete mientras estaba fuera. Es equipaje, y he pensado que quizás prefiera abrirlo usted personalmente.

–¿Equipaje? –preguntó, aturdida. Pietro le había dicho que seguían buscando el sitio en el que se había alojado en Roma para recuperar sus pertenencias. Seguro que aquello la ayudaría a despejar la niebla que cubría su pasado.

Marta asintió. Parecía compadecerla. Sabía lo de su accidente y lo de la pérdida de memoria.

–Un empleado del *signor* Agosti lo encontró y lo trajo de inmediato. Lo he dejado en su habitación –hizo una pausa–. ¿Quiere que le prepare un té?

Molly ya se había levantado.

–Gracias. Estupendo.

Una maleta azul marino descansaba en la butaca descalzadora que había al pie de la cama. La garganta se le había quedado seca y el corazón quería escapar de su pecho. Cerró los puños. Sentía las manos sudorosas.

No le resultaba familiar. Dio un paso más y vio un lazo naranja brillante atado al asa. Con mano temblorosa, lo rozó. Lo había puesto para reconocer la maleta fácilmente en la cinta transportadora del aeropuerto. Su hermana se había reído y le había sugerido que invirtiera en una mochila naranja brillante.

Parpadeó varias veces y se sentó junto a la maleta. Era el primer recuerdo vívido que tenía de Jill. ¡Su primer recuerdo verdadero de ella! La enormidad de aquel avance la entusiasmó.

Tiró de la cremallera.

Media hora después, seguía sentada en el mismo sitio. El té que Marta le había llevado esperaba en una mesita, quedándose frío.

Su entusiasmo inicial había dado paso a la desilusión y a un extraño sentido de dislocación. Esperaba que aquel descubrimiento supusiera un avance, pero no había tenido nada más que aquel primer flash.

Sí, había experimentado una sensación de familiaridad al tocar la ropa y los útiles de aseo. No le cabía duda de que aquella era su ropa, pero no había despertado nada más. Unas bailarinas algo ajadas, una falda de una tela que no se arrugaba, unos vaqueros desgastados. Tampoco había un teléfono o una agenda, cualquier cosa que pudiera ayudarla a rellenar los espacios vacíos. Seguramente lo llevaría todo en el bolso que portaba cuando ocurrió el accidente.

El hallazgo de su equipaje solo demostraba una cosa: que quienquiera que fuese Molly Armstrong era ajena a aquel mundo de opulencia. Una sola blusa o falda de las que colgaban en el vestidor costaría más que lo que ella se había gastado en la maleta y en todo su contenido.

Sabía que Pietro y ella provenían de mundos distintos, pero el abismo insondable que los separaba parecía agrandarse con cada prenda que sacaba de aquella maleta.

Era extraño que no hubiera ni un solo objeto lujoso para su viaje a Roma. Pietro era un hombre generoso y como prometida suya que vivía en su villa, debería tener objetos maravillosos que seguro que él le habría regalado. No es que la ropa de la maleta tuviera nada de malo, sino que simplemente pertenecía a otro mundo. Como ella.

Pensó en el entusiasmo que había suscitado en ella la compra de los cojines o la manta. ¿De verdad creía que unas margaritas en un jarrón podían hacer que cualquier lugar pudiera parecerle su hogar?

Sonrió con tristeza. El mundo de Pietro estaba en otro plano de realidad, y el pasado seguía siendo un fantasma que acechaba al borde de su felicidad, amenazando…

¿Qué?

No podía decirlo. Sin embargo, una premonición se asentó en la boca de su estómago, advirtiéndole de

que no sería posible disfrutar de verdad del futuro
hasta que conociera su pasado.

–¿Molly?

Pietro entró en el dormitorio, pero se quedó cla-
vado en el sitio al verla sentada, con los hombros hun-
didos y la cabeza inclinada.

Parecía tan sola. Tan frágil.

¿Sería por el bebé? ¿Alguna complicación por la
herida de la cabeza? ¿Una noticia terrible?

No era capaz de respirar, pero cruzó la habitación
de inmediato.

–Molly.

Se sentó a su lado y tomó sus manos en las suyas.

Molly se estremeció y levantó la cabeza, parpa-
deando repetidamente. Parecía tan aturdida que Pietro
se temió lo peor.

–¿Qué ocurre?

La desesperación que vio en sus ojos le abrió un
agujero en el pecho.

–No te preocupes –contestó ella–. No pasa nada.

–Obviamente pasa algo. ¿Hay noticias del hospital? ¿Pasa algo con las últimas pruebas?

–¡No, no! No es nada de eso.

El miedo dejó de atenazarle los pulmones y respiró
hondo.

–¿Entonces, qué? Porque algo pasa.

Vio entonces la maleta abierta y se le heló la sangre en las venas. ¿Habría llegado el momento que tanto
se temía, el momento en que ella recordaba lo que
había hecho?

–¿Algo de la maleta te ha hecho recordar?

Maldijo en silencio. Había planeado estar allí cuando llegase el equipaje, pero su personal, en un exceso de celo, lo había remitido a su casa en cuanto el detective privado lo encontró en la pequeña pensión en la que se había registrado. Él estaba en una reunión y se había enterado al salir.

Pero Molly no se apartó de él, sino que se aferró a sus manos.

–Lo siento. Siento ser tan miedosa.

–¿Miedosa? –repitió él, viendo cómo se le humedecían los ojos–. ¡Pero si eres una de las personas más valientes que conozco, Molly!

Tomó su cara entre las manos y limpió con ternura la lágrima que había rodado por su mejilla.

–Dime qué es lo que te preocupa.

–No es nada, en realidad –intentó sonreír–. Es que me había hecho ilusiones. Al ver la maleta tuve un recuerdo tan fuerte que me dejó descentrada. Recordé a Jill. Hasta la oí hablar.

–Pero eso es maravilloso…

–Me hizo esperar más –añadió ella, encogiéndose de hombros–. Pero aunque lo he sacado todo y lo he tocado todo, no ha habido más recuerdos.

–Pues claro que estás desilusionada. Es normal.

Por primera vez lamentó que localizar a su hermana le estuviera costando tanto tiempo. Ojalá pudiera ofrecerle alguna esperanza. Sabía demasiado bien lo que era quedarse solo.

–Es que me siento inútil. Tengo tantos deseos de recordar… pero no hay nada que pueda hacer para

obligar a los recuerdos a despertarse. Y vivir aquí…
–lo miró a los ojos–. Tengo la sensación de que estoy
jugando a hacer de esta casa mi hogar. Que no es real.

Un gélido estremecimiento lo atravesó de parte a
parte. Pero no había modo de que Molly supiera lo
cerca que había estado de la verdad.

–Llevas aquí metida demasiado tiempo.

–Pero si hemos salido un montón. Y hoy, he ido de
compras.

Por alguna razón, frunció el ceño y bajó la mirada.

–Unas cuantas salidas para hacer turismo –y cada
vez menos, dado que tenía que estar en la oficina–.
Estás acostumbrada a tener algo que hacer, a estar
ocupada. Estás acostumbrada a trabajar. Ni siquiera
aquí, en Italia, estabas de vacaciones, sino que cuidabas de tres niños pequeños.

–Hasta que tú me robaste el equilibrio.

Pietro se controló para no arrepentirse de haberla
manipulado porque, a pesar de que la había seducido
estando en la Toscana, Molly no había dejado su trabajo porque él le hubiera pedido matrimonio, sino
porque la familia que la había contratado tenía que
marcharse debido a una emergencia familiar.

–Supongo que tienes razón –declaró, pensativa–.
No conozco a nadie aquí, aparte de Marta y de ti. Me
siento un poco desplazada.

–Llevas mi anillo –reparó, acariciando la piedra
con el pulgar.

–Sí. Me ha parecido que era una tontería no ponér-
melo con lo que siento por ti –se mordió el labio inferior como si temiera continuar, pero lo hizo mirándolo
a los ojos–. Quiero casarme contigo, Pietro.

Él sintió otro estremecimiento. Sorpresa y satisfacción. Seguro. ¿Qué otra cosa podía ser?

Se acercó su mano a los labios y la besó en la palma.

—Me haces el hombre más feliz de toda Italia, *tesoro.*

Era cierto. Se sentía capaz de conquistar el mundo entero. El peso que había llevado tanto tiempo desapareció en aquel instante, dejándolo maravillosamente liberado. Su prometida, que pronto sería su esposa. Su hijo.

«Su familia. Su carne y su sangre».

La abrazó y la besó, llenándose del sabor único que era Molly, a lo que ella respondió con una pasión igual a la suya.

Sintió necesidad de más, de todo lo que tenía que ofrecerle. Su erección se hizo presente. Los dos querían...

«No».

Despacio, casi sin dar crédito a lo que hacía, se separó de ella. Sin darse cuenta la había empujado hacia la cama. Con Molly era siempre así. Totalmente instintivo.

Pero aquella vez debía ser distinto.

La hizo sentarse dejándose llevar por un impulso aún mayor: el de borrar el dolor que había visto en su rostro y percibido en sus palabras. Quería cuidar de ella. Quería hacer las cosas bien.

—¿Qué pasa? —preguntó Molly, intentando averiguar lo que se le estaba pasando por la cabeza.

—No pasa nada —respiró hondo—. Todo es como debía ser.

Sonrió, y Molly sintió que se quedaba sin aliento. Aquella rara y deslumbrante sonrisa la alcanzó con la fuerza de un tren de mercancías.

–Entonces, ¿por qué te has separado?

–Para que pudiéramos hablar.

–¿Hablar? –sonaba estupefacta, pero es que cuando Pietro la besaba, le constaba un triunfo centrarse en las palabras–. ¿No quieres hacer el amor?

–Nada me gustaría más –respondió él, y el calor de su mirada era igual al que ella sentía–, pero antes tenemos que hablar sobre lo que podemos hacer para que te sientas mejor.

–¿Como por ejemplo?

–Como expandir tu círculo social. Estás acostumbrada a estar con gente, pero desde que saliste del hospital, has estado aquí encerrada conmigo y con Marta. Seguramente en parte por eso te sientes tan desmoralizada.

–Yo no diría que he estado encerrada. Me gusta pasar tiempo contigo.

–¿Qué te parece si empezamos presentándote a mi familia? Chiara te cayó bien, y está deseando conocerte mejor –hizo una pausa–. Te sentirías menos… a la deriva si conocieras más gente. Debería haber hecho algo en ese sentido antes.

–No te culpes. Intentabas cuidarme –respondió Molly, acariciándole la mano–. Me encantaría conocer a tu familia, Pietro. Al fin y al cabo, también será la mía algún día.

Aquella deslumbrante sonrisa volvió.

–Pronto. Que sea pronto.

Cuando la miraba así, como si lo significase todo

para él, las rodillas dejaban de sostenerla. Ahora tenía la absoluta certeza de que aquel era el hombre con el que quería pasar el resto de su vida.

Amaba a Pietro con todo su corazón.

Capítulo 11

QUÉ TAL lo llevas? –preguntó Chiara con una sonrisa, apoyándose en la barandilla de la terraza de su piso–. La fiesta ha resultado un poco más concurrida de lo que había planeado.

–Genial. Tienes unos amigos encantadores.

En un principio se había sentido un poco empequeñecida por los muchos que iban vestidos de alta costura. Sus amigos eran una sorprendente mezcla de estudiantes, artistas y multimillonarios. Había conocido a gente fascinante, y el temor a no encajar en el mundo de Pietro, o a que algo no fuese bien, disminuía día a día.

–Me alegro de que estés disfrutando. No estaba segura de que fuera buena idea que se juntara tanta gente, después de lo que has pasado.

–¿Te refieres al accidente? –se encogió de hombros–. Ya han pasado semanas de eso, y no soy una inválida. Me sienta bien salir y conocer gente. Muchas gracias por invitarnos. Y por tu amistad, Chiara. Significa mucho para mí.

Desde la cena que compartieron los tres hacía ya una semana, Chiara y ella habían estrechado sus lazos.

–Es un placer para mí –respondió Chiara, apretando su mano–. No tienes ni idea del alivio que es ver a

Pietro sentar la cabeza por fin con una mujer buena. Después de lo de Elizabetta, casi lo daba por imposible. Estos últimos años los ha pasado jugando a ser un playboy, algo que no va con él. En el fondo, es un hombre de familia.

Molly sintió como si la palanca de cambios del coche no encajara en la marcha deseada.

–¿Quién es Elizabetta? ¿Una antigua novia?

Chiara abrió los ojos de par en par y Molly sintió frío en la nuca, una especie de premonición.

–¿Pietro no te ha hablado de ella?

Molly contestó que no con la cabeza.

–Entonces, lo mejor sería que hablases con él –dijo Chiara, mirando hacia el salón abarrotado.

El aire frío que Molly había sentido soplando en la nuca pasó a ser pequeñas agujas.

–¿Es un secreto?

–No, no… pero es que…

–¡Vamos, Chiara! –la apremió, cruzándose de brazos–. ¿Cómo te sentirías si estuvieras en mi lugar? No puedes mencionarla y después dar marcha atrás.

Chiara se tocó distraída uno de los pendientes de plata que llevaba y asintió.

–Tienes razón. Pietro no te habrá hablado de ella porque ya es historia, y menos mal que se deshizo de ella. Nunca me gustó

–¿Pero quién era? ¿Su amante? ¿Una compañera?

–No. Su esposa.

–Estás muy callada. Quizás deberíamos habernos ido antes.

Pietro se mostraba tan solícito como siempre mientras entraban de nuevo en su casa.

–Estoy bien. He disfrutado de la fiesta.

Entró al salón y se detuvo. Quería tener intimidad para abordar el tema de Elizabetta.

–Pareces cansada –dijo él, rozando su brazo–. Anda, vamos, que el bebé y tú necesitáis descansar.

Parecía tan razonable que, inexplicablemente, se sintió al borde de la ira. Qué estupidez. Pietro no había hecho nada mal. Debían de ser las hormonas del embarazo lo que le ponían las emociones patas arriba.

Con suavidad pero con firmeza, se soltó de su mano y dio un paso atrás.

–¿Molly?

Sabía que solo pretendía cuidar de ella, pero por alguna razón, sus atenciones estaban haciéndole sentir una especie de claustrofobia. ¿Cómo era posible, cuando bastaba con una sonrisa o una caricia para que se derritiera?

«Pues porque esto no tiene que ver con el sexo. Va más allá».

–No estoy cansada, Pietro. Necesito hablar contigo.

Él no se movió, ni cambió su expresión, pero el aire se cargó de tensión.

–¿Sobre qué? –preguntó, señalando una *chaise longue,* pero ella no se sentó.

–Sobre Elizabetta.

Esperó ver una reacción, pero no ocurrió nada. De nuevo advirtió aquella máscara impenetrable, escasa en aquellas últimas semanas, pero aún eficaz para impedir que pudiera desentrañar sus pensamientos.

–¿Por qué no me has hablado de ella?

Pietro se encogió de hombros.

–Hace mucho tiempo que se marchó, y buen viento la lleve. Esa es la razón.

–Pero ¿no crees que tengo derecho a saber que estuviste casado?

–¡Pues claro! ¿Y eso marca alguna diferencia? ¿Cambia en algo nuestros planes?

Molly abrió la boca para contestar, pero no encontró qué decir.

–No –contestó al fin.

Sus sentimientos hacia él eran más fuertes que nunca. Quería tener un futuro a su lado, que criaran a su hijo juntos.

Hubo un silencio. Molly sintió un peso sobre los hombros, como el de una capa mojada, fría e incómoda. Necesitaba respirar, y se dirigió a la puerta de la terraza.

–No se parecía en nada a ti.

Las palabras de Pietro la hicieron detenerse, con la mano ya puesta en el agarrador de la puerta.

–¿En qué sentido? –le preguntó sin volverse.

–Era preciosa por fuera, pero horrible por dentro, mientras que tú eres preciosa por dentro y por fuera.

Era una tontería, pero sus palabras la dejaron sin aliento.

–¿Y?

–Y nunca me quiso –su voz le llegó desde tan cerca que rozó con su aliento sus hombros–. No como tú.

Molly se llevó la mano al lugar en que el corazón le golpeaba las costillas. Sus sentimientos por Pietro llevaban semanas siendo obvios, lo mismo que los de él, pero ninguno había llegado a ponerlos en palabras.

–Porque tú me quieres, ¿verdad, Molly?

Su voz era serena, pero con un matiz de… ¿podía ser ansiedad?

–Sí.

Un aire cálido le llegó al cuello cuando Pietro exhaló, y sintió cómo deslizaba las manos por sus brazos y sus hombros hasta llegar a la base del cuello. Una deliciosa sensación partió de su caricia y se dirigió en espiral a su corazón y a su vientre.

–Soy el hombre más afortunado del mundo por tenerte.

Bajó una mano para cubrir su vientre con ella y la besó en el cuello.

De inmediato quiso más, pero decidió contener la niebla sensual que la iba a envolver.

–Me estás distrayendo. Háblame de Elizabetta. ¿La querías?

No le importó si parecía desesperada por saber.

–¡No! Ya te he dicho que no se parecía a ti.

–Continúa.

–Tuvimos una aventura, y yo estaba a punto de ponerle fin cuando me anunció que estaba embarazada.

El suelo desapareció bajo sus pies, pero Pietro estaba allí, abrazándola.

–¿Tuvisteis un hijo?

–No.

Molly se dio la vuelta para mirarle a la cara.

–Cuánto lo siento, Pietro –dijo, acariciándole los brazos. No se podía ni imaginar lo que podía ser perder un hijo. Todo en su interior se rebelaba ante tal posibilidad.

–No, no lo entiendes –él respiró hondo–. No pudo perder el bebé porque nunca estuvo embarazada.

–¿Te engañó?

–Ya te he dicho que no se parecía a ti. Era atractiva y sexy, y resultó ser una cazafortunas –explicó Pietro, pasándole un dedo por la frente como queriendo disipar su ceño–. Elizabetta estaba decidida a conseguir una vida de lujo y pensó que yo podía proporcionársela. Sabía que yo querría tener hijos algún día, aunque habíamos acordado que lo nuestro sería una relación sin ataduras, así que decidió engañarme, decirme que estaba embarazada y que quería tener al bebé.

Miró hacia la noche.

–Me quedé estupefacto. Habíamos tomado precauciones, pero al mismo tiempo me sentía encantado de que hubieran fallado. Te dije que perdí a mis padres siendo un niño –continuó, y al mirar de nuevo a Molly, ella comprobó que había dejado de ocultar sus emociones. Estaban allí, desnudas y reales–. Lo que no te he contado es que perdí a toda mi familia el mismo día.

Molly inspiró de golpe.

–Mis padres y mi hermana pequeña estaban esquiando en los Alpes cuando hubo una avalancha. Yo también iba a estar con ellos, pero les había convencido de que me dejasen pasar el fin de semana con mi mejor amigo porque era su cumpleaños.

–¡Pietro!

¡Qué tragedia! Lo abrazó. Ella comprendía bien lo que era estar sola ante el mundo.

–No pasa nada, Molly. Ocurrió hace ya mucho tiempo.

A pesar de sus palabras, el sentimiento de pérdida salía de él en oleadas. ¿Sería esa la razón de que siempre fuera tan protector? Había aprendido muy pronto que la felicidad podía ser efímera.

–Sé lo que es no tener a nadie cerca, a una persona que te quiera de manera incondicional –intentó sonreír–. Siempre he querido tener hijos y formar una familia, así que, cuando Elizabetta me dio la noticia, me emocioné. De alguna manera había intuido que la familia era mi talón de Aquiles. Como empresario, no suelo ser tan inocente, pero pensar que llevaba dentro a alguien de mi misma sangre… –suspiró–. Debería haberlo visto venir, sobre todo cuando me dijo que no quería esperar a que organizásemos una gran boda.

–No tendrías por qué esperar que te mientan –respondió ella, con el dolor lacerándole el pecho. Era un aspecto de la riqueza de Pietro que nunca había considerado–. ¿Cuándo descubriste la verdad?

–Demasiado tarde. Intentó fingir que había sufrido un aborto mientras yo estaba fuera por trabajo, pero su historia no cuadraba. Luego intentó convencerme de que se había equivocado con lo del embarazo y que temía desilusionarme, pero que esperaba quedarse embarazada enseguida. Poco después incluso dejó de fingir. No quería saber nada de hijos que pudieran interferir en su ritmo de vida, concentrada como estaba en gastarse mi dinero a manos llenas.

–Cuánto lo siento, Pietro.

Su mirada volvió al presente al mirarla a ella,

como si le costase un tremendo esfuerzo salir de las profundidades del pasado.

–Ya está hecho. La separación fue agria y cara, y yo aprendí la lección –acarició su mejilla–. Entenderás por qué no tenía ninguna prisa en hablarte de ella. Lo que tú y y yo tenemos es completamente distinto, y no quería estropearlo hablando de ella. Pero tienes razón: debería habértelo contado antes.

Molly percibió su ternura en su voz, en sus caricias y en la pena de su mirada.

–Lo entiendo –musitó, y lo besó. Al poner la mano en su mejilla, vio el fuego en el fondo del ópalo de su anillo. Lo que compartían era fuerte y real, tan mágico como ese brillo–. Pero en el futuro quiero que no me ocultes las cosas porque pienses que necesito protección. Soy más fuerte de lo que parece. Lo que necesito es que me involucres, ¿vale? Es importante para mí, Pietro –insistió–. Quiero que nos cuidemos el uno al otro como iguales, así que, a partir de ahora, no más secretos, ¿eh?

Al final, él asintió.

–Como quieras –hizo una pausa, como si estuviera eligiendo las palabras–. A partir de este momento, no más secretos.

Parecía tan serio que a su corazón se le perdió un latido. ¿Sería así como se iba a sentir al ponerse delante de testigos para intercambiar las promesas nupciales?

–¿Algo más? –preguntó él.

Molly negó con la cabeza.

–Bien –él sonrió, y en un solo movimiento, la tomó en brazos–. Entonces, repito: hora de irse a la cama, *dolcissima* Molly –y la besó en la boca sin prisa, intensamente, demostrando sus intenciones con una deliberación que despertó de inmediato su deseo–. ¿Alguna objeción?

–Ni una.

–Excelente. ¿Ves? –él sonrió–. Propuesto y acordado.

Fue al día siguiente, mientras estaba en la cama después de que Pietro se hubiera despedido de ella para irse a la oficina, cuando Molly se dio cuenta de que no le había dicho que la quería.

Había hablado del amor de ella por él, pero nada más.

Respiró hondo para combatir la tensión que se apoderó de ella, tan intensa como si acabase de caer en un mar helado. Tomó la almohada de Pietro y la apretó entre sus brazos para respirar su olor. Así estaba mejor.

Pietro no había pronunciado las palabras. ¿Y qué? Todo cuanto había hecho desde el día del hospital hasta aquella misma mañana en que le había hecho el amor con una pasión y una ternura increíbles, demostraba sus sentimientos por ella. No podía soñar con un compañero más dedicado.

Además, seguro que ya se lo había dicho antes, la primera vez que hablaron de matrimonio, aunque ella no lo recordase. Y estaba loco de alegría por ser padre.

«Será un padre genial. Un marido maravilloso. Pero…».

Por mucho que intentase racionalizarlo, la necesidad seguía ahí, fuerte y en crecimiento. Podía pedírselo directamente, aunque no sería igual que si lo declarase por propia voluntad. Tenía que animarlo a hacerlo. Tenía que hacer algo, buscar un sitio que… ¡el sitio donde se enamoraron!

Se levantó de golpe de la cama.

La Toscana.

Con un poco de suerte, incluso podía ayudarla a ella con la amnesia. Descalza se fue al baño, con la excitación corriéndole por las venas como un Prosecco. Tenía mucho que organizar.

–¿Quieres irte?

Pietro hizo girar en la copa la bebida que se estaba tomando a la última luz del día.

Con un vestido de seda ámbar que acentuaba sus curvas y los reflejos de su pelo, estaba impresionante, y tenía que esforzarse por comportarse como un hombre civilizado, ya que estaba claro que quería hablar.

–Sí. A la Toscana.

Pietro dejó la copa. Algo parecía haberle asustado.

–¿Por qué allí? Hay sitios más cerca de Roma que te encantarían.

–Es donde nos conocimos. Donde nos enamoramos –Molly hizo una pausa, y vio pasar por su rostro una expresión que no pudo descifrar–. Y según dices, es un sitio precioso –miró por encima de los tejados de Roma–. Me encanta esta ciudad, pero un cambio sería agradable. Además, tú quieres que nos casemos pronto, y he pensado que tu villa podría ser un buen escenario. No quiero una gran celebración.

–Yo tampoco.

En parte porque quería casarse cuanto antes, pero también por el bien de Molly. No tenía amigos que la apoyasen aparte de Chiara. Tenía una pista sobre el posible paradero de su hermana, pero aún no la habían encontrado, así que no quería pedirle que se enfrentase a una boda multitudinaria con cientos de rostros extraños y los paparazzi para rematar. Algo íntimo estaría mucho mejor.

La villa tenía además otro punto a su favor, y era que no contenía recuerdos de Elizabetta. Su exesposa odiaba el campo.

–Tienes razón –asintió–. La villa sería un enclave perfecto. Íntimo y seguro. Y con sitio para los invitados –hizo una pausa e inevitablemente su mirada fue a parar a su jugosa boca y sus brillantes ojos–. Y sí, muy romántico. Te encantaba la casa y los jardines, sobre todo el paseo de los olivos.

–¿Ah, sí?

–Allí fue donde me sedujiste: debajo de un olivo.

–¿Yo te seduje a ti? Mira que me cuesta creerlo…

Pietro sonrió.

–Puede que fuera una seducción mutua.

–Es posible, pero sospecho que la iniciativa la llevaste tú –Molly sonrió–. Quién sabe… igual lo recuerdo cuando vuelva a verlo.

Igual…

La posibilidad le retorció las entrañas a Pietro, pero decidió ignorarlo.

–De acuerdo, entonces. Tengo algunas reuniones a las que asistir y otras que posponer, pero el viernes estaré libre. ¡A la Toscana!

Molly se levantó para acercarse y sentarse en sus rodillas.

–Gracias, Pietro. Estoy deseando ver el lugar donde te seduje por primera vez. A lo mejor recuerdo alguna técnica que me resulte útil.

Pietro contuvo un gemido cuando el fuego bajó directo a su entrepierna.

–Creo que no tienes nada que aprender, *dolcissima*.

Tal y como era, resultaba perfecta.

Capítulo 12

ES TODAVÍA más bonita de lo que me imaginaba.

–Me alegro. Es mi lugar favorito –declaró Pietro. Y sonrió.

Molly respiró hondo. No debía esperar demasiado de aquel viaje. Su memoria no iba a volver solo porque se encontrara en un entorno familiar, pero era difícil no esperar algo.

–No te preocupes –dijo él, tomando su mano–. Lo que el futuro nos depare, lo afrontaremos juntos. Tú relájate. Y ya hemos llegado –anunció.

Ante sí tenían una verja alta que se estaba abriendo para dejar paso a una larga avenida flanqueada por cipreses. La brisa movió las hojas de las vides que había a cada lado.

–¿Tienes un viñedo?

–Uno pequeño.

Molly bajó el cristal de la ventanilla y el olor a tierra caliente, a vegetación y a plantas aromáticas la asaltó. Aquel olor le resultaba familiar.

–Huele bien, ¿verdad? –oyó decir a Pietro.

–Desde luego.

Un edificio grande de dos plantas apareció a un lado del camino. Parecía muy antiguo, pero estaba en un estado de conservación magnífico. Las ventanas lucían unas brillantes persianas y más allá se percibía el brillo del agua de una piscina.

–Qué preciosidad. No me extraña que te guste estar aquí.

Pero el coche no se detuvo.

–Esta es la vieja granja. La que Chiara gestiona para alquilar en vacaciones. Aquí es donde tú te hospedaste con la familia australiana.

Molly se volvió en su asiento intentando encontrar algo que le resultara familiar, pero no hubo nada.

–No te preocupes, Molly. Volveremos más tarde y podrás mirar cuanto quieras. A lo mejor te trae algún recuerdo.

Había vuelto a leerle el pensamiento.

Tomaron otra curva y una villa impresionante apareció ante ellos.

La granja ya le había parecido grande, pero no tenía nada que ver con la casa de Pietro. Del color de la arena dorada a la luz del sol, era más grande que cualquier otra villa que hubiera visto, pero sus tejas de terracota, las persianas verdes enmarcando las ventanas y el jardín con sus caminos de grava, sus cítricos en maceta, la lavanda y los árboles de sombra hacían que aquel edificio de tres plantas resultara más acogedor que intimidante.

Oyó el sonido del agua al caer. Había una antigua fuente ornamental que no habría deslucido en una de las plazas de Roma.

–¿De qué te ríes? –preguntó Pietro soltándose el cinturón de seguridad.

–De mí. Esperaba algo rústico y bonito, y no este… *palazzo*. Sigo olvidándome de lo rico que eres.

–Eso no es importante –contestó él, mirándola a los ojos–. Lo que importa somos tú y yo –su mirada bajó cargada de posesividad, y ella se estremeció–. Y nuestro hijo.

–Tienes razón.

Pero contemplando el esplendor de su casa se preguntó cómo había tenido el valor de iniciar una relación con él.

–¿Cuánto tiempo hace que pertenece a tu familia?

–Un par de cientos de años. Pero estaba bastante deteriorada cuando la heredé. El negocio de la familia no iba bien y no había dinero para invertir en ella. Yo la renové. ¿Te gusta?

Molly volvió a reírse.

–¿Y me lo tienes que preguntar? ¡Es una maravilla!

Su expresión atenta volvió a quedar transformada por su sonrisa. ¿De verdad se había preguntado si le parecería bien?

–Excelente. Quiero que seamos felices aquí –dijo, y soltó el cinturón de Molly–. Ven, que te lo enseño todo.

Los recibió en la puerta el matrimonio de guardeses, que los condujo a un porche sombreado. Desde allí se disfrutaba de una impresionante vista de la piscina turquesa, más jardines y varias colinas de olivos. En la distancia, más colinas teñidas de azul enmarcaban la vista.

–Me he enamorado –musitó.

Pietro la abrazó por la cintura.

–Cuando nos casemos, podemos vivir aquí si quieres. Puedo hacer gran parte de mi trabajo desde aquí e ir a la ciudad solo de vez en cuando.

Molly lo besó en el cuello.

–¿Solo porque a mí me gustaría más?

–A mí también, Molly. Sería un lugar maravilloso para formar una familia –sus ojos brillaban de satisfacción cada vez que hablaba de sus futuros hijos–. ¿Te gustaría?

Molly se visualizó viviendo en Roma, trabajando quizás en un colegio inglés. Pero la idea de pasar unos cuantos años consagrándose a su familia sonaba como una bendición. ¿Cuántas mujeres tenían la posibilidad de quedarse en casa cuando sus hijos eran pequeños? Y encima, en un lugar como aquel.

–Creo que sí.

–Magnífico.

La besó en la boca, y sintió cómo el ardor invadía su cuerpo, pero en lugar de continuar, Pietro se separó.

–Ha sido un viaje muy largo. Vamos a tomar algo y luego te lo enseño todo.

La invitó a sentarse a una mesa dispuesta con bebidas frescas y una selección de embutidos, vegetales y aceitunas con una pinta deliciosa.

–Sería un lugar maravilloso para una boda –dijo poco después. No podía ser más romántico.

¿Tendría a alguien a quien invitar? ¿Habría recordado su pasado para cuando llegase ese día, o tendría que intercambiar sus promesas delante de un grupo de desconocidos?

Contempló la piscina a la que, al parecer, había ido a diario con los niños. El lugar donde había conocido a Pietro. Pero el pasado seguía negándose a aparecer.

–¿Estás preparada para que demos una vuelta, o prefieres descansar?

–No, no. Me apetece mucho explorar.

Él le dio la mano sonriendo. Estaba claro lo orgulloso que se sentía del lugar.

–Cuando mis padres murieron, esta casa y las tierras quedaron en un fideicomiso para mí, y se nombró un gerente para el negocio.

–¿No fueron tus tíos?

–Carecían de la experiencia necesaria para dirigir una corporación de ese tamaño, y ya tenían bastante con intentar educarme a mí y a su propia familia.

La villa era todavía más impresionante por dentro que por fuera. No se había reparado en gastos y, a diferencia del ático de Roma, proyectaba la imagen de un hermoso edificio antiguo que envejece con dignidad. Enormes chimeneas de piedra, antigüedades, flores por todas partes, ventanales y sillones tan cómodos que invitaban a sentarse.

–Es mágica –dijo, preguntándose cómo sería vivir allí.

Pero apenas unos minutos después, empezó a sentir dolor detrás de los ojos. No podía ser por la claridad durante el viaje, porque había llevado gafas de sol.

–Molly, ¿estás bien?

Estaba contemplando una biblioteca que sería una bendición en los días de lluvia, con un buen fuego crepitando en la chimenea, y al volverse sintió que la cabeza le daba vueltas y buscó la mano de Pietro.

Serían los mareos propios del embarazo… pero, cuando subían la escalera hacia el primer piso, experimentó una extraña trepidación por dentro, como si los pulmones no le funcionasen bien y no lograra inspirar el aire suficiente. Las rodillas comenzaron a temblarle. Llegaron al descansillo, giraron hacia los dormitorios y se detuvo. Parecía haberse quedado clavada en el mármol del suelo.

–Me siento…

No sabía cómo describirlo. No era un dolor de cabeza, sino una especie de presión dentro del cráneo. El estómago le daba vueltas, se le había puesto la piel de gallina y tenía un frío tremendo, pero había algo más. Una especie de alarma. No, más. Pánico.

Pietro le puso la mano en la frente.

–No tienes fiebre, pero estás sudorosa. Y te has quedado pálida.

La tomó en brazos.

–No, que puedo andar.

–Pero si parece que un simple soplo de viento fuera a derribarte. Además, me encanta tenerte exactamente aquí.

Y la llevó pasillo adelante, como si no pesara nada.

Pero al entrar en el dormitorio principal, comenzó a temblar. Vio de pasada una cama enorme, unos ventanales que daban al jardín… y una náusea extrema lo desdibujó todo.

–El baño –dijo casi sin voz.

En un segundo la había dejado delante del lavabo, al que ella se aferraba con ambas manos, aunque Pietro seguía sosteniéndola por la cintura.

–Se me está pasando –dijo, aunque sentía el ácido en la garganta–. Son náuseas.

Pero él se limitó a quedarse allí, dispuesto a tomarla en brazos de nuevo.

–Se me está pasando, de verdad, pero me voy a tumbar un rato.

Pietro volvió a tomarla en brazos y la depositó en

la cama, le quitó los zapatos y la cubrió con una manta ligera. El colchón se hundió al sentarse él.

—¿Cómo te sientes? –preguntó, apartándole el pelo de la cara.

—Ya no tengo náuseas, pero la cabeza… –se mordió el labio inferior y cerró los ojos–. Voy a descansar un rato.

—Buena idea. Yo voy a llamar al médico.

—¡No! –Molly abrió los ojos–. Es solo un dolor de cabeza. Seguramente por las náuseas. Necesito descansar, eso es todo.

—Pero aun así…

—Por favor, Pietro, no llames al médico. A veces tengo la sensación de que no me voy a librar nunca de ellos. Déjame descansar y, si no me encuentro mejor, entonces llamamos.

—Está bien, pero si no mejoras…

—Lo sé –ella asintió, pero hizo una mueca por el dolor que le atravesó el cráneo.

Pietro se levantó con el ceño fruncido, llenó de agua un vaso y junto con el teléfono, lo dejó todo al alcance de su mano.

—Es un intercomunicador. Solo tienes que descolgar si te sientes peor.

—Gracias, Pietro. Lo haré. No te preocupes –añadió, tomando su mano–. Millones de mujeres tienen náuseas en el embarazo y sobreviven.

—Pero ninguna de ellas es mi mujer –contestó él, apretándole la mano.

A pesar del dolor, se le alegró el corazón con sus palabras. ¿Cómo podía haber dudado de sus sentimientos hacia ella?

Pietro se levantó a cerrar las cortinas, la besó en la frente y le acarició la mejilla.

—Intenta dormir un rato, *carissima*.

Había tanta ternura en su voz que a Molly le pareció que la envolvía en terciopelo.

—Lo haré.

Pietro abrió la puerta sin hacer ruido y entró.

Molly no se movía. Solo se percibía su respiración tranquila. No quería despertarla, de modo que se detuvo al borde de la cama. Fuera lo que fuera lo que le hubiera ocurrido, parecía haberse solucionado ya.

Ausente, Pietro se frotó el pecho. Verla enferma le había hecho darse cuenta de lo mucho que significaba para él, y no solo como la madre de su hijo, sino por ser ella, Molly, la mujer de su vida.

Habían llegado muy lejos desde la noche en que la echó de aquel mismo lugar. Su furia explosiva, el calor abrasador que lo envolvió al darse cuenta, o mejor dicho, al creer que lo había traicionado igual que Elizabetta. Que se había acostado con él por lo que pudiera ganar, incluso fingido un embarazo para colarse en su vida.

Ahora la conocía tal y como era. Inocente y sincera. Embarazada de él. La mujer con la que quería compartir su vida.

La recorrió con la mirada y sintió el despertar del deseo. Pero había algo más. Una ternura, una sensación nueva para un hombre que no estaba acostumbrado a experimentar sentimientos fuertes por otra persona. Un hombre que nunca se había sentido así por nadie desde que su familia le fue arrebatada a la edad de diez años.

Había evitado decirle la verdad a Molly durante demasiado tiempo, y no se sentía cómodo con el engaño. Respiró hondo. Había llegado al final del juego. Molly se merecía algo mejor. Se merecía la verdad.

Cuando se despertara, se la contaría. Tenía derecho a saberla.

Molly oyó cerrarse la puerta y respiró hondo. Necesitaba oxígeno, pero no parecía capaz de aspirar el suficiente.

Había sido muy difícil permanecer allí quieta, fingiendo dormir, sabiendo que él estaba tan cerca. Un día antes, incluso solo una hora, habría tirado de él. Su pasión y su ternura la habían ayudado a pasar los días oscuros cuando el trauma de la amnesia estaba en su momento más duro. Había aprendido a apoyarse en él. A necesitarlo.

Puso la mirada en la silueta de la mesita que había junto a la ventana. Era un marco con una foto en la que aparecía Pietro con diez años, sonriendo, al lado de una niña pequeña que tenía exactamente la misma sonrisa. Detrás había un hombre guapo que se inclinaba sobre una mujer como si quisiera decirle algo al oído. Pietro y su familia. Conocía la foto porque la había visto antes. La noche en que fue a decirle a Pietro que estaba embarazada.

Había recordado.

Capítulo 13

OVILLADA sobre la cama, cuando las lágrimas cesaron por fin, los retazos del recuerdo compusieron un todo coherente. El accidente no estaba muy claro, pero el resto, sí; claro como el cristal.

Había deseado recordar, y ahora que lo había logrado, casi deseaba no haberlo hecho. Pero, si no lo hubiera hecho, Pietro habría seguido mintiendo sobre sus sentimientos y habría logrado burlarse de ella.

El dolor creció y llenó su torrente sanguíneo hasta que lo sintió en las yemas de los dedos, en los muslos, incluso en el vientre, y apretando los dientes se obligó a volver al pasado.

En general estaba bien, excepto el año temible en que perdió a sus padres. Menos mal que le quedaba Jill, y estaban muy unidas. Estaba deseando volver a verla.

Y la Toscana había sido maravillosa. La mayoría de sus recuerdos de la estancia en aquella parte del mundo estaban bañados en un halo dorado, porque de verdad había sido feliz. Feliz gracias a Pietro porque, a pesar de que había dejado claro que solo quería una breve aventura, ella se había enamorado de la cabeza a los pies de aquel guapo italiano, tan masculino pero increíblemente tierno, divertido, abierto, sexy y al que no le importaba tener a tres niños correteando por su jardín.

Porque le encantaban los niños.

«Pero no tú. Te lo dejó bien claro la noche en que acudiste a su alcoba, llena de esperanza de que se entusiasmara tanto como tú ante la perspectiva del bebé».

Un dolor como el corte de una cuchilla la seccionó de parte a parte. Pietro no se había entusiasmado, sino que, con los ojos abiertos de par en par, le había hablado en un tono glacial. Primero el frío desdén; luego, la furia. No reconocía en él al hombre que se había reído con ella, que la había acariciado apenas una hora antes. Además, había mantenido las distancias, como si estar en la misma habitación que ella lo contaminase.

Logró sobreponerse y salir de allí diciendo que no quería volver a verlo jamás.

Se estremeció y tiró de la manta para subirla más, aunque no había manta que pudiera protegerla de aquel frío.

Pensó entonces en Roma. No se creía que hubiera ido en su busca. Lo que debía de haber ocurrido es que alguien la había reconocido y le había avisado a él. Pietro Agosti era un hombre poderoso con contactos por todas partes.

No había ido al hospital para disculparse, sino por su hijo. Quería al bebé, aunque ello significara cargar con ella.

Las náuseas atacaron de nuevo y tuvo que sentarse

en el borde de la cama para poder tragar la bilis que le quemaba la garganta. ¡Pues claro que nunca le había dicho que la quería! Cerró los ojos, con una mano en el vientre y la otra agarrada al colchón. ¡Tantas cosas cobraban sentido ahora! Hechos aislados que, cuando se veían en conjunto, creaban una imagen completamente distinta.

Había dicho ser su marido solo para poder echarle el guante a su hijo. Y, cuando ella lo había puesto en tela de juicio, había creado un falso compromiso aprovechándose de ella del peor modo posible, porque sabía lo que ella sentía por él. Incluso habría ido aún más allá: estaba dispuesto a casarse con ella, a cimentar su derecho legal al bebé fingiendo que la quería.

No era de extrañar que quisiera una boda rápida. Debía tenerlo todo atado antes de que ella recuperase la memoria. Eso explicaba por qué pasaba tanto tiempo a su lado. Quería estar ahí si ocurría lo peor y lo recordaba todo.

En aquella misma habitación la había acusado de ser exactamente igual que Elizabetta.

Se levantó de golpe, incapaz de soportar el flujo de recuerdos. Todo aquello, la escena que se había desarrollado en aquella alcoba, cuando Pietro le arrancó de cuajo los sueños y los pisoteó, sumado al juego cruel al que había jugado en Roma, hizo que se sintiera mancillada.

De un tirón se quitó la manta y fue al baño. Iba a necesitar algo más que jabón y agua caliente para limpiarse. La mancha estaba demasiado profunda.

Pero empezaría frotándose cada centímetro de piel que él le había tocado.

Y así, lo borraría de su vida.

—Tenemos que hablar.

Pietro levantó la mirada del ordenador y frunció el ceño. Molly estaba en la puerta y llevaba el mismo vestido con el que había viajado, pero tenía el pelo mojado y recogido, y tan pálida estaba que las pecas que salpicaban su nariz se veían mucho. Su tensión era palpable.

Se levantó.

—¿Deberías haberte levantado? —se acercó a ella con intención de tocarle la frente por si tenía fiebre, pero ella dio un paso atrás—. Molly, ¿qué pasa?

—Aquí no. Vamos fuera.

—Necesitas sentarte y…

—Lo que necesito es salir de esta casa.

Y salió.

Pietro la siguió hasta el olivar. ¿Qué le pasaba? ¿Sería algo del bebé?

¿O habría empezado a recordar?

Había corrido un riesgo llevándola allí, pero era un riesgo que estaba convencido de que podía afrontar porque, aunque no llegase a recordar, se había jurado contarle la verdad lo antes posible.

Molly se detuvo bajo el tronco retorcido de un árbol y se dio la vuelta.

—Molly, tengo que decirte una cosa.

Quiso abrazarla porque sabía que lo que tenía que decirle iba a ser un golpe duro, pero viéndola tan tensa, se contuvo.

–¿Ah, sí? Qué coincidencia, porque yo también tengo algo que decirte.

Su voz tenía una nota discordante.

–Tienes que saber que…

–Yo primero. Así ahorraremos tiempo –le espetó, y Pietro se sintió como un ave de presa haciendo un picado hacia la tierra, concentrado en una víctima inocente–. Lo he recordado todo.

–¡Eso es maravilloso!

Se acercó a ella y quiso tomar sus manos, pero no se lo permitió.

–Es un alivio –continuó él–. Había empezado a preguntarme si llegarías a recordar en algún momento. Has estado semanas en blanco.

–¿De verdad piensas que me voy a creer lo que me estás diciendo? A ti te interesa mucho que no recuerde.

Sabía que aquello iba a ser duro, pero Molly era práctica. Lo entendería cuando se lo explicase. Además, lo quería, y saberlo lo convenció de que su ira iba a ser solo pasajera.

–¿Estás hablando de la última noche que estuviste aquí, antes de irte a Roma?

–¿De qué si no? –Molly se rio, si es que un sonido tan amargo podía describirse así.

–Había tomado la decisión de hablarte de ello cuando te despertases. Era hora de…

–¡Era más que hora! –le gritó–. ¡Me has mentido!

Pietro hizo una mueca. Sus palabras le golpearon en el pecho como un puño. Se había creído preparado para afrontar las consecuencias de sus actos y enmendarlos, pero no iba a ser tan sencillo.

Un estremecimiento de miedo le heló los huesos.

–Fui a buscarte para pedirte perdón. En cuanto me dejaste me di cuenta del error que había cometido.

Molly lo miró con los brazos en jarras.

–¿Te refieres al llamarme cazafortunas, o a lo de codiciosa, mezquina y…

–¡Sí!

Gritaba, estaba gritando en un intento de sofocar sus palabras para no tener que oír el relato de su ataque. Era nauseabundo recordar lo que había sido capaz de decir en el calor del momento.

Respiró hondo, pero el aire no le llegó a los pulmones por el desprecio que vio brillar en la mirada de Molly.

–Lo siento. Me equivoqué por completo, pero es que se parecía muchísimo a lo que me pasó con Elizabetta. Una relación libre y sin ataduras, y luego se presentó a decirme que se había quedado embarazada a pesar de que habíamos puesto medios para impedirlo.

Solo había sido capaz de dejarse llevar por el instinto al ver que la historia se repetía. Había pasado años pagando el precio de su inocencia, y se había jurado que jamás volvería a pasar por lo mismo.

–Si hubiera podido pensar con claridad, no habría podido creer algo así de ti, pero me era imposible. Estaba sintiendo en lugar de pensando.

Todo lo que había hecho con Molly lo promovía el impulso y la emoción. Incluso su plan de seducirla y conseguir que se casara con él no se basaba en la lógica, sino en una necesidad desesperada de retenerla cerca porque no podía soportar que se marchara.

Porque siempre había confiado en ella, más de lo que nunca había confiado en Elizabetta, ni siquiera al principio. No era excusa, pero al menos explicaba por qué, en aquel estado de shock, se había puesto como un loco.

–Ahórrate lo de que sientes algo por mí. Sé que he sido solo un pasatiempo, y la locura ha sido mía al querer verlo como algo más. Y lo de que pusiste el país patas arriba para encontrarme, no me lo creo.

–¡Pero es cierto!

El modo en que ella lo miró le hizo no acercarse. ¿Por qué no podía llegar a ella? ¿Qué estaba pasando?

–Aunque pudiera perdonarte por eso –respondió ella, clavándole la mirada–, nunca podría perdonarte por haberme mentido desde entonces, por utilizar mis propios sentimientos contra mí…

–Lo siento, Molly. Hice mal y lo sé.

–Entonces, ¿por qué lo hiciste?

–Ya te lo he dicho: porque no me dejaban que te llevase a casa a menos que fuéramos familia, y no podía dejarte sola en el hospital.

Molly lo miró con incredulidad.

–¡Es la verdad! –insistió, y aunque percibió el tono de súplica de su voz no le importó. Tenía que hacerla comprender–. Sé que hice mal, y no he dejado de lamentarlo. Quería compensarte, cuidar de ti.

–Hacer que me enamorase de ti para poder salirte con la tuya.

Se había acercado tanto a su idea original que por un instante se quedó sin palabras.

Cuando planeó todo aquello, estaba convencido de que le estaba ofreciendo exactamente lo que ella que-

ría: una relación permanente. De eso era de lo que le
había hablado en la Toscana. Pero en aquel momento,
puesto en sus labios, su esquema parecía malintencio-
nado y torpe, y se pasó una mano por el pelo para intentar deshacerse de la sensación de que se había aco-
rralado a sí mismo en un rincón sin salida.

–Creía que tú también lo querías –dijo, y se acercó
decidido a llegar a ella–. Que estuviéramos juntos. No
me digas que no sientes lo bien que estaríamos juntos.
Nunca me he sentido así con nadie más, *tesoro*.

Vio cambiar algo en la expresión de Molly. ¿Consciencia? ¿Amor?

Su corazón se lanzó desenfrenado. Podía lograrlo.
Lo sabía.

–De todo lo que has dicho, es lo primero que me
creo.

–¡Molly! –exclamó él, como si acabase de recibir
un directo a la mandíbula, con el dolor bajándole por
el pecho–. Te mentí una vez, pero ahora no te estoy
mintiendo.

Ella sonrió con un desdén tan intenso que hizo que
su maltrecha conciencia se encogiera.

–Pero era una mentira que me dijiste a diario. Y en
cuanto a que lo que sientes por mí es diferente, la
única causa es que estoy embarazada. Lo único que te
importa es el bebé. Lo sé.

–¡No! Eso no es cierto.

Pietro la agarró por los brazos. Necesitaba tocarla,
y Molly no se apartó. Se limitó a mirarlo con una
profunda tristeza que no encajaba con el gesto desa-
fiante de su postura.

–Siento algo por ti, Molly. Tienes que creerme.

¿Es que no te he demostrado todos los días lo mucho que significas para mí?

Y era cierto… en un principio se decía que había maniobrado por el bebé, pero en aquel momento se dio cuenta de que se engañaba. Que el orgullo o el miedo le habían impedido ver la profundidad de sus sentimientos hacia ella.

–Claro que me importa nuestro hijo, pero eres tú…

–¡No! No… –Molly respiró hondo y todo su cuerpo tembló–. No puedo más, Pietro. Ni siquiera puedo soportar que me toques.

Él la soltó de inmediato y todo en su interior se vino abajo. El dolor lo engulló. Todas sus certezas se resquebrajaron.

–¿No me quieres?

Estaba demasiado desorientado para avergonzarse de haber hecho esa pregunta. Parecía un crío perdido. Necesitado. Desesperado.

Se había acostumbrado a su amor. A rodearse de él. A utilizarlo como base sobre la que construir sueños para el futuro. Y en un instante, todas sus esperanzas, todo aquello de lo que estaba seguro, se había desintegrado.

–Tenías que restregármelo, ¿verdad? Que haya sido tan ilusa –sus ojos parecían arrasados, y verla así lo llenó de remordimiento–. Sí, te quería. Pero ahora te odio. No puedo soportar ni verte. Y, si tuvieras un ápice de decencia o de respeto por mí, no te interpondrías en mi camino.

¿Qué más podía hacer si no era darle espacio?

Pero, cuando la vio pasar a su lado y dejarlo atrás, mientras contenía el deseo de sujetarla y persuadirla con su cuerpo y sus palabras de que debían estar juntos, se dio cuenta de que no era por el bebé, sino porque la quería.

«La quería».

Fue eso lo que le hizo no moverse de donde estaba mientras ella corría de vuelta a la villa. Porque amarla significaba respetar sus deseos.

«La amaba».

Era tan sencillo y, al mismo tiempo, tan grande, tan impetuoso.

Se apoyó en el tronco del viejo olivo sintiendo su corteza áspera bajo la palma, aparentemente lo único sólido en un mundo que giraba dentro de su cabeza.

Era ya tarde cuando volvió a la villa y, cuando su ama de llaves le entregó una nota de Molly, se sorprendió al descubrir que aún no había llegado a lo más hondo de su dolor. Eso ocurrió al leer sus palabras:

Me marcho a Australia. No me sigas ni intentes detenerme. Ya he tenido bastante.

Fue entonces cuando Pietro descubrió cómo se había sentido Molly. Cuando su corazón se partió en dos.

Capítulo 14

PIETRO paró el motor del coche de alquiler y contempló la casa en silencio. No estaba retrasándolo. Solo examinando el entorno, como si se enfrentara a una capital negociación.

El corazón le golpeaba en las costillas y la adrenalina le volaba por la sangre. Le dolía la cabeza y le picaban los ojos por la falta de sueño.

El resto de las casas de la calle eran grandes edificios modernos que ocupaban todo el espacio de la parcela, pero el número sesenta y tres pertenecía a otra generación. El tejado de una sola vertiente, la fachada de madera pintada en verde pastel y rematada con una cenefa de madera blanca… era mucho más pequeña, pero bonita. Detrás de ella, se veía la superficie de espejo de la bahía.

Respiró hondo y exhaló. Las dudas sobre el resultado de aquel viaje le asaltaron. Hiciera lo que hiciese, por más lógica que aplicara, no podía ignorar el profundo pozo de desesperación que trataba de succionarlo cada día.

No había salida. Jamás conseguiría convencer a Molly de sus verdaderos sentimientos. Ese era su castigo.

Cerró los ojos. Le ardían. Amaba a una mujer que

no quería volver a verlo. Y el colmo era que él, que se vanagloriaba de haber sacado de la ruina el negocio familiar y de llevarlo a la cumbre; él, que se jactaba de su buen juicio, no había sabido reconocer la profundidad de sus sentimientos. Y no ya en Roma, mientras intentaba ganársela, sino en la Toscana. Volvió a abrir los ojos y contempló la casita en su lecho de césped y, rápidamente, antes de que pudiera cambiar de opinión, recogió el sobre que llevaba en el asiento de al lado. Al bajar, una brisa fría le dio en la cara, un recordatorio de que, en aquel lado del mundo, era invierno.

Tragó y notó un sabor amargo. ¿Miedo? ¿Derrota? Daba igual. Tenía que hacerlo.

Molly tragó un último bocado de tostada y, descalza, fue a abrir. Llevaba unos viejos vaqueros, calcetines gordos y una camisa que había visto mejores días, pero no esperaba visita. Jillian estaba en Sídney para una entrevista de trabajo, así que estaba sola. Como fuera otra vez aquel agente inmobiliario intentando convencerla de que vendiera la casa, se le iba a caer el pelo.

Abrió la puerta y se quedó paralizada toda ella excepto el corazón, que le golpeó por dentro las costillas. Menos mal que se había quedado agarrada al picaporte.

—Hola, Molly.

Su voz era la misma de siempre, miel y whisky, una voz capaz de someterla a su poder.

Había soñado con aquel momento. Con Pietro

yendo a buscarla. Y a pesar de lo que pudiera decir el sentido común, el orgullo y su determinación, aquella imagen había sido su placer secreto.

Hasta su aspecto seguía siendo el mismo. Suave y urbano con su traje italiano, con un aire de poder masculino que incluso en aquel momento hacía que le temblasen las rodillas.

Se irguió para mirarlo, pero el sol de la tarde le quedaba detrás a él y no pudo distinguir su expresión.

–¿Qué haces aquí?

Él también se irguió. ¿Acaso esperaba una bienvenida?

–Te traigo noticias –hizo una pausa–. ¿Puedo entrar?

Molly se sentía perdida entre impulsos contrarios. Uno le empujaba a dar un paso atrás, y el otro a darle con la puerta en las narices. Pero es que… es que estaba devorándolo con la mirada, atraída por aquel olor tan familiar que era su colonia y el maravilloso perfume que era, simplemente, Pietro.

Lo había echado de menos.

–No me parece buena idea.

Le vio echar la cabeza hacia atrás como si lo hubiera abofeteado y, a pesar de todo, sintió lástima por él.

–He venido desde muy lejos solo para verte. Esperaba hacer esto en persona.

Entonces ella se dio cuenta de que llevaba un sobre grande, y de inmediato sintió pavor. ¿Qué era eso? ¿El comienzo de alguna batalla legal por el bebé?

Su mano libre se fue involuntariamente a su tripa, pero detuvo el gesto. No iba a mostrar debilidad alguna delante de él.

–Muy bien.

Se hizo a un lado y lo invitó a pasar. Era mejor oír lo que tuviera que decir directamente de sus labios. Con su riqueza y su poder, podía llevar a cabo cualquier maniobra legal. Se le heló la piel al pensarlo.

Pietro entró y Molly no pudo respirar. Ocupaba todo el espacio del estrecho recibidor. ¿Ya se había olvidado de lo grande que era? Tuvo que evitar rozarse con él para poder precederlo hasta el salón.

—Siéntate, por favor.

Ella se acomodó en su sillón favorito. Las piernas no iban a sostenerla mucho más.

—Gracias.

Por fin se decidió a mirarlo de frente y hubo de contener el aliento, porque el hombre que la miraba no era el que ella recordaba. Los pómulos se le veían muy marcados, el color de la cara maciento, y alrededor de la boca tenía dos pronunciados surcos. Entonces lo miró a los ojos, y en lugar de encontrarse con su brillo dorado, los descubrió como empañados.

—¿Acabas de llegar?

—Llegué anoche a Sídney, ya tarde.

Eso lo explicaba. Sería el jet lag.

—Has debido de levantarte temprano.

La casa de su familia quedaba a varias horas de distancia de la ciudad hacia el norte.

—He conducido por la noche.

—¿Y dónde te has alojado?

No había hoteles de cinco estrellas en las proximidades, a pesar del reciente *boom* inmobiliario.

—Hay un motel a unos kilómetros de aquí.

¿Un motel? ¿Un multimillonario, en un motel barato?

La cabeza comenzó a darle vueltas. ¿Habría ido con su equipo de seguridad también? ¿Habrían pasado todos la noche allí? ¿Estaba en un sueño?

Pietro cambió de postura y los muelles del viejo sofá protestaron. No, aquello era real. Pietro estaba en su casa, para tratar de un asunto tan importante que no podía esperar.

–Vas a pelear por la custodia.

A pesar del miedo que sentía, su voz sonó resignada. ¿No era lo que se esperaba?

–¡No! Ni mucho menos.

–¿Disculpa?

Le vio apretar los dientes, y de pronto cayó en la cuenta de que, aparte del magnífico traje que llevaba, Pietro no parecía un tiburón empresarial, sino un hombre al borde de un precipicio. Un hombre luchando con la misma maraña de emociones que ella.

¿Qué probabilidades había de que eso fuera así?

–No estoy aquí para quitarte al niño. Jamás haría eso.

Atónita, intentó reorganizar sus pensamientos. A pesar del modo en que había jugado con ella, sabía que no era una mala persona. Al llegar ella a Sídney, agotada, se había encontrado con que un chófer la esperaba en el aeropuerto con instrucciones de llevarla a donde ella quisiera, cortesía de Pietro. Y había sido él quien por fin había encontrado a su hermana, le había informado de su accidente y había dispuesto un billete de avión para que se reuniera con ella en Australia. Había llegado tan solo un día después que Molly.

El hombre que había hecho todo eso no podía ser

tan cruel como para mentir en algo tan importante como su hijo.

¿O estaría interpretando la situación a su manera... otra vez?

Iba a decir algo cuando él se adelantó, ofreciéndole el sobre.

—Como verás, no tiene nada que ver con la custodia.

Aun así, Molly lo recogió con manos sudorosas.

Tardó un momento en que, por fin, las palabras cobrasen sentido para ella. La sorpresa sustituyó al miedo y volvió a leer lo ya leído.

—¿Me regalas tu villa de la Toscana?

No era solo la villa, sino toda la tierra, incluidas varias granjas, un viñedo y un olivar.

—Sí.

Molly siguió leyendo. Buscaba una trampa, alguna condición por la que aceptar aquel regalo supusiera renunciar a sus derechos sobre el niño en favor de Pietro, pero no encontró nada.

Era dueña de unas tierras y destinataria de una abultada cantidad de dinero.

—No comprendo...

—Te he traspasado la propiedad, y espero que el niño y tú viváis allí, al menos parte del tiempo.

Sí que había trampa.

—Entonces, quieres la custodia. O al menos, compartirla. Por eso quieres que el bebé se críe en Italia.

—¡No! Es la casa de mi familia, y quiero que la tengas tú y que, cuando llegue el momento, pase a nuestro hijo —Pietro respiró hondo—. El dinero es una cantidad aparte de la asignación que fijaré para ti y para el niño. Cubrirá los gastos de mantenimiento si es necesario, aunque, si se lleva bien, se mantiene sola e incluso dará beneficios. El administrador actual es excelente, y el encargado de la bodega, también.

Molly frunció el ceño. Sabía que aquella villa y sus tierras habían estado en su familia durante generaciones. Siglos, en realidad. ¿Y quería dárselas a ella?

–Podrías escriturarlas directamente a nombre de tu hijo o de tu hija.

Algo cambió en su expresión, pero ella no podría decir qué.

–No, Molly. Quiero que las tengas tú. Adoras ese lugar y es… lo que debe ser.

–No entiendo.

–Llámalo reparación. Había planeado casarme contigo, así que habrías tenido derecho a ellas de todos modos. Ahora nuestro hijo y tú podréis vivir allí sin tener la sensación de estar bajo mi control. Serás completamente independiente.

–¿Qué esperas recibir a cambio?

–Nada –Pietro frunció el ceño–. Entiendo que es difícil para ti confiar en mi palabra.

–Ya lo creo. Me mentiste.

La angustia seguía fresca.

–No te mentí en cuanto a lo que sentía por ti, Molly. Te quiero.

Por primera vez desde que Pietro había aparecido al otro lado de la puerta, Molly vio el brillo dorado de sus ojos. ¡Cómo deseaba creerlo! Aun sabiendo que era una táctica para ganársela, sintió su poder, como si hubiera tenido lugar un temblor de tierra y hubiera agrietado los cimientos de su determinación.

–Eso no son más que palabras.

Pietro palideció y fue una sorpresa ver que asentía.

–Sabía que no iba a poder convencerte, pero aun así me dije… –apartó la mirada y respiró hondo–. Lo cierto, la verdad más inexorable es que te quiero, Molly. No puedo decirte cuánto siento haberte herido y que te sintieras traicionada.

Cuando la miró de nuevo, parecía un hombre acosado.

–Es cierto que te mentí porque quería teneros a ti y al bebé, pero el idiota fui yo porque no supe reconocer hasta que no era ya demasiado tarde que lo que me empujaba desde el principio era el amor. Me enamoré de ti en la Toscana. Por eso reaccioné con tanta dureza cuando me dijiste que estabas embarazada.

–Pues tienes un modo extraño de demostrar el amor.

Molly se cruzó de brazos levantando la barbilla. No se iba a tragar semejante discurso.

–Tienes razón. Fue inexcusable. Había tenido una experiencia tan espantosa con Elizabetta que dejé que manchara lo que teníamos nosotros. Mi reacción fue vergonzosa, y nada puede excusarla.

Se levantó y se metió las manos en los bolsillos para moverse por el salón. En aquel momento se parecía más al hombre que recordaba: vital, poderoso, firme. Pero, cuando se volvió a mirarla, no fue determinación lo que vio en sus facciones, sino derrota.

–Te mentí, y no tienes razón alguna para creerme ahora cuando te digo que te amo y que te quiero por ti misma, no por el bebé. No hay nada que pueda decir o hacer para demostrarte mis sentimientos, ¿verdad?

Su escrutinio fue tan intenso que la sangre de Molly subió de temperatura.

–Tienes razón. Las palabras son fáciles. Lo que cuentan son los hechos.

Él asintió bruscamente.

–Entonces, no hay nada más que decir –sentenció, y guardó silencio durante tanto tiempo que el aire se volvió pesado y se cargó de dolor–. Pero, si necesitas algo, en cualquier momento, no dudes en ponerte en contacto conmigo –tragó saliva–. O, si lo prefieres, con mi abogado. Los detalles están ahí –señaló los documentos.

Y, bruscamente, tanto que a Molly la pilló desprevenida, se volvió hacia la puerta.

–¿Eso es todo? ¿No quieres saber cuándo nacerá el niño, o que te vaya manteniendo informado?

–Te conozco, Molly, y sé que harás lo que es debido. Compartirás la información conmigo aunque sea a través de un intermediario.

Siguió mirándola un momento más y ella pensó que era la primera vez que veía debilidad en su mirada. Desesperanza. Dolor. Verdadero dolor. No había modo de malinterpretarlo.

Y, antes de que pudiera reorganizar sus pensamientos, Pietro dio media vuelta y salió de la habitación.

A Molly se le volvió borrosa la visión y le zumbaron los oídos. ¿De verdad había hecho aquel viaje para darle la escritura de sus propiedades y desaparecer después? ¿Por qué recorrer miles de kilómetros para entregarle un documento que cualquier abogado habría podido hacerle llegar?

Es que había hecho más… se había disculpado. Y le había dicho que la amaba.

Molly cerró los ojos, y unas lágrimas de frustración y dolor la quemaron por dentro. ¿Cómo creerlo, sin pruebas?

Es que no podía haberlas. No podía existir una prueba empírica de su amor. Solo su palabra y sus actos. Era una cuestión de confianza.

«Hechos son amores y no buenas razones». Eso decía el refrán, ¿no?

Había cuidado de ella mientras se recuperaba. Había sido considerado y protector. Se había dedicado a ella en exclusiva, incluso dejando de lado sus ocupaciones profesionales. Hasta la había llevado a la Toscana aun cuando debía temer que allí se reavivaran sus recuerdos.

Había localizado a Jillian y la había llevado a su lado. Y ahora le había entregado la villa y las tierras en las que había sido más feliz. ¿Qué había pedido a cambio? Nada.

¿Acaso no hablaban con fuerza esos hechos?

Amar era correr riesgos, fueran cuales fuesen las circunstancias. ¿Un riesgo que ella se atrevería a correr? Tenía que pensar en su hijo. Cualquier decisión que tomara también le afectaría a él.

¿Podía dar el salto de fe, o debía ir a lo seguro?

Pietro fue a arrancar el coche, pero le temblaba tanto la mano que fue incapaz. No solo la mano, sino el cuerpo entero.

Con el tiempo lo superaría. A diario personas de todo el mundo sobrevivían a calamidades a gran escala, así que ¿no iba a sobrevivir a aquello? ¡Y él que creía haber sufrido en su matrimonio con Elizabetta!

El orgullo herido y la desilusión eran insignificantes granos de arena comparados con el tormento de angustia que lo ahogaba en aquel momento.

Estaba tan ensimismado en sus pensamientos que la llamada a la ventanilla le asustó. Era Molly, mirándolo muy seria.

Todo en su interior se paralizó menos la esperanza. Respiró hondo. No tenía razones para albergar esperanzas. Molly parecía atónita, pero no feliz.

Despacio, con el dolor de huesos de un octogenario, bajó del coche.

—Te creo —dijo ella.

—¿Disculpa?

—Que te creo —repitió, y su voz sonó más fuerte—. Confío en ti, Pietro.

Y esbozó una sonrisa que hizo lo increíble con sus órganos vitales.

Por un segundo el movimiento y las palabras quedaron suspendidos. A continuación, Pietro hizo lo que había estado evitando desde que llegara: la abrazó con un brazo y con la otra mano acarició su mejilla, y un dardo de puro amor lo atravesó.

—¿Me crees?

—Sí.

—¿Me perdonas?

Molly asintió.

—Te quiero, Pietro —confesó con una sonrisa que rivalizaba en brillo con el sol—. Me enamoré de ti hace mucho tiempo, y quiero pasar el resto de mi vida contigo.

—Yo también te quiero, Molly. Me enamoré de ti hace mucho tiempo, y quiero pasar el resto de mi vida contigo. Y prometo ser digno de tu confianza.

Y se inclinó para besarla. Fue un beso tierno, prueba del amor que compartían.

Un tiempo indeterminado después, cuando el beso se transformó en otra cosa que los tenía apretados el uno contra el otro como si fueran incapaces de saciarse, el claxon de un coche hizo que Pietro levantase la cabeza. Varios vecinos estaban en la calle. Curiosamente todos tenían algo que buscar en el coche o en el buzón.

–Estamos escandalizando a los vecinos –murmuró ella.

–¿A ti te importa?

–Ni lo más mínimo.

Pietro la abrazó con más fuerza. Molly era su mujer. Su futuro. Su amor,

Epílogo

—¿*Signora* Agosti?

—¿Sí?

Molly se volvió. Era Marta, guapísima con aquel vestido rojo oscuro. No estaba de servicio, pero se encontraba allí, en la villa, con los demás invitados.

—El fotógrafo está preparado, *signora*. ¿Necesita ayuda?

—No, gracias, Marta. Ya estoy yo aquí.

Pietro había hablado desde detrás de ella, y sonrió mirando a Molly de aquella manera que le elevaba la temperatura.

—Dígales que ya vamos.

—No se olvide, *signore*, que su esposa no querrá verse con el vestido arrugado en las fotos.

—Marta me conoce bien —reconoció él, riéndose y entrando en el dormitorio.

—¡Ni se te ocurra pensarlo! ¡Acabo de pintarme los labios, y por una vez quiero estar presentable en las fotos y no toda…

—¿Arrugada?

—Exacto.

—¡Pero si solo iba a ser un besito! —protestó él, rodeándole la cintura.

Antes de que pudiera detenerlo, fue dejando un

rastro de besos por su cuello, haciéndola suspirar. El calor se concentró entre sus piernas.

—¡Pietro!

Él levantó la cabeza sonriendo. Conocía su poder.

—No temas, que en cuanto se terminen las fotos, prometo acompañarte para que… descanses.

—¿Y quién se ocupará de nuestros invitados?

—Chiara y Jillian ya se han ofrecido. Han pensado que estarás cansada después del bautizo.

Y deslizó una mano con toda intención, pero ella se la sujetó.

—¡Pietro! Las fotos, ¿te acuerdas? A las chicas nos gusta pasar a la posteridad bien guapas.

—Tú siempre estás guapa para mí, *mio dolce amore*. Por dentro y por fuera. Y en cuanto a las chicas… —se volvió a mirar a la cuna donde dormían las gemelas, Margherita y Marcella, adorables con sus ricitos morenos y sus boquitas sonrosadas—, son casi tan preciosas como su madre. Gracias, amor mío —añadió, llevándose la mano de Molly a los labios—. Nunca pensé que pudiera ser tan feliz.

—Yo tampoco —Molly sonrió y, olvidándose de las fotos, lo besó apasionadamente.

Su hombre. Su amor.

Bianca

**Estaba dispuesto a reclamar a su bebé...
¡y a su prometida!**

LA MUJER MISTERIOSA

Rachael Thomas

El magnate Marco Silviano no podía olvidarse de la misteriosa mujer con la que había pasado una semana increíble en una isla. Encontrarse cara a cara con Imogen en Inglaterra le resultó sorprendente. Sobre todo cuando se enteró de que ella estaba esperando un hijo suyo. Sabiendo que su hijo garantizaría la dinastía de su familia, Marco persuadió a Imogen de que aceptara un anillo de compromiso. Una vez comprometidos, el ardiente deseo que vibraba entre ellos y el inmenso atractivo de Imogen pusieron a prueba el autocontrol de Marco...